Vom gleichen Autor erschien außerdem
als Heyne-Taschenbuch

Das Mittagsgirl · Band 972
Die Nacht der Stars · Band 5057
Ich bin der Boß, und der Boß irrt nie · Band 5084

MICHAEL BURK

IM NEUNTEN HIMMEL VON PARIS

Ein heiterer Roman

WILHELM HEYNE VERLAG
MÜNCHEN

HEYNE-BUCH Nr. 897
im Wilhelm Heyne Verlag, München

4. Auflage
Genehmigte Taschenbuchausgabe
Copyright © 1970 by Lichtenberg-Verlag GmbH, München
Printed in Germany 1974
Umschlagzeichnung: U. Lichthardt, München
Umschlaggestaltung: Atelier Heinrichs, München
Gesamtherstellung: Zettler, Schwabmünchen

ISBN 3-453-00220-2

1. Kapitel

Allmählich kam ich zu mir und riskierte das erste Blinzeln in die nähere Umgebung. Meine Hände. Die rechte hielt mir die Bettdecke über der Schulter, die linke fungierte als Kopfstütze, und die dritte baumelte schlaff vor meinem Gesicht.

Die dritte? Moment mal, ruhig Blut! Kräftig durchatmen! Eine dritte Hand?

Lilli!

Wie konnte sie es wagen, hiergeblieben zu sein?

Da rede ich mir die Seele aus dem Leib, und sie läßt es darauf ankommen, Mutter Moosrainer den Schreck in der Morgenstunde zu versetzen. Und ausgerechnet heute!

Eine Drehung, ein Hochschnellen, ich hatte meine einsfünfundachtzig in die Sitzstellung gebracht.

»Lilli!«

»Hm?« Undeutlich. Leise. Verschlafen.

»Lilli, es ist halb acht!« Ich war gezwungen, zu flüstern. Wollte keinen Ärger mit Mutter Moosrainer. Nicht wegen Lilli!

Sie bequemte sich, zu erwachen.

»Ach, du lebst?« sagte sie, und tastete nach dem Marmeladeneimer, auf dem ihre Zigaretten lagen, »ich dachte schon, ich schliefe hinter einem Sack Zement.«

Sie versuchte, sich den Schlaf aus den Augen zu reiben und wischte sich dabei Ornamente von Wimperntusche über das Gesicht.

»Ist mir tatsächlich noch nie passiert. Da stellt man sich einem Mann zum Kofferpacken zur Verfügung, und dann passiert gar nichts!«

»Hattest du nicht gesagt, du willst gehen, sobald du mit dem Koffer fertig bist?«

»Du siehst ja, ich bin geblieben. Dummerweise.«

Kritik. Anklage. Sie hatte mich im Wachsein bereits überrundet und qualmte wie ein mittlerer Schornstein.

»Tut mir schrecklich leid, mein Kind. Sicher bin ich schon vorher eingeschlafen. Bevor du es dir hier bequem gemacht hattest. Ich hätte es nämlich nicht zugelassen. Laß mich ausreden! Nicht, weil ich keine Freude am Zufall habe oder wegen Moral oder was du mir sonst andichten möchtest. Einzig und allein, weil es mit uns keinen Sinn hat. Ich habe es dir schon hundertmal erklärt. Du bist eine Briefmarke, Lilli. Du bleibst kleben. Und das möchte ich dir ersparen. Nimm es bitte endlich zur Kenntnis! So, und jetzt mach Platz!«

Ein Hechtsprung aus den Federn, hinein in Hemd und Hose, und vorsichtig durchs Schlüsselloch gespäht.

»Zum Kofferpacken bin ich gut genug!« Spitz. Vorwurfsvoll. Mit einem Raucherhusten als Abschluß.

»Ich habe dich nicht gebeten, mitzukommen.«

Sie präsentierte sich nackt bis unter die Haarwurzeln, ungeniert und vielleicht sogar mit dem Hintergedanken, damit noch einen letzten Trumpf auszuspielen.

Nichts dagegen einzuwenden, gegen die Figur. Brüste, Schenkel, wie sie sich bestimmt viele Mädchen wünschen. Die Haut glatt, die Fesseln gut, der Popo fest und rund. Aber was soll es? Meine Einstellung Lilli gegenüber steht ja nicht erst seit heute fest.

Ein lieber Kerl, gutmütig und hilfsbereit, ein Mädchen, das sich heute dem und morgen dem an die Brust wirft, und dabei immer und immer wieder ihr ganzes Herz verliert. Oder zumindest, was sie dafür hält.

»Beeil dich, Lilli, sonst verpasse ich den Bus. Flugzeuge warten nicht.«

Sie streifte ihr Kleid wie einen Sack über den Kopf. »Du gibst dich als Routinier, was?«

»Falsch, Mädchen«, sagte ich, und ging leise zur Tür, »aber als Pfadfinder. Wenn ich dir ein Zeichen gebe, huschst du über den Flur. Ich wünsche dir woanders mehr Erfolg. Und sei nicht traurig.«

Sie huschte. Die Zigarette im Mundwinkel, die Schuhe in der Hand.

Ich nahm meinen Koffer, klopfte bei Mutter Moosrainer an die Küchentür, sagte auf Wiedersehen und stolperte die Treppe hinunter.

Die Flughafenhalle glich einem Ameisenhaufen.

»Herr Rothemund?«

»Ja?« Ich sah in das Gesicht eines Fleischbergs.

»Mein Name ist Schafranek. Paul-Erich Schafranek«, sagte er.

»Sehr erfreut, Rothemund. Justus Rothemund«, sagte ich.

»Als Delegationsleiter heiße ich Sie im Namen meiner Firma herzlich willkommen.«

Er wischte sich den Schweiß von den Augenbrauen und drückte mir ein Büschel Nelken in die Hand, als wollte er sagen, halten Sie mal für einen Augenblick meinen Schirm.

Ein triumphaler Empfang.

Siebenundzwanzig und noch nie geflogen! Hunderte Male habe ich die Boeings, Caravelles und die übrigen Vögel zu Papier gebracht. Groß, klein, im Detail, als Hintergrund oder Blickfang von Prospekten, Broschüren und Plakaten, und erst heute . . .!

»Wenn ich die Herrschaften bitten darf, mir zu folgen?« sagte Herr Schafranek. Die Herrschaften, das waren wir, die Preisträger des ABA-Preisausschreibens. Außer mir noch drei Damen gesetzten Alters.

»Rothemund«, stellte ich mich rasch vor, bevor sich unser Pulk in Bewegung setzte.

»Angenehm, Bienert, Hafermeister, Gundlach.«

So genau verstand ich die Namen natürlich nicht. Erst mit der Zeit.

Die Älteste, die mit den vielen blonden Löckchen und dem Großgeblümten, die hieß anscheinend Hafermeister und kam aus . . .?

»Für eine hohe Sechzigerin eine janz schöne Leistung, müssense zujeben«, schnaufte sie neben mir, »heute morjen noch in den eijenen vier Wänden und jetzt bereits auf dem Sprung nach Paris!«

Aus Köln, habe ich es nicht gesagt?

Die andere, klein, pummelig, so Anfang fünfzig, das war dann Frau Bienert. Woher die kam, brauchte man nicht lange zu überlegen. Die kam aus Berlin.

Und die Jüngste des Kränzchens hieß Gundlach, eine hagere Endvierzigerin.

»Mein Sohn ist knapp vierundzwanzig und will sich leider schon verloben«, erzählte sie der Runde. Die Weichheit der Konsonanten ließ auf die Gegend um Kaiserslautern schließen.

»Und Sie, Herr Rothemund?« sagte Frau Hafermeister. Sie stellte die Frage allgemein und überließ mir die Auslegung.

Was sollte ich ihr sagen? Daß ich meine Freiheit genieße? Daß ich Verlobungen idiotisch finde? Meinen Katalog aufblättern?

Ich sagte: »Ich komme aus München.«

»Sie sind wunderbar schlank, sind Sie Sportler?«

Frau Gundlach aus der Gegend um Kaiserslautern sagte es wie in Übereinstimmung zu ihrer Figur.

»Nein, Gebrauchsgraphiker.«

»Ah, Künstler?« In Frau Bienerts Frage lag so etwas wie Mitleid.

»Sollten wir nicht eigentlich fünf sein?« fragte Frau Hafermeister vor sich hin.

Die Damen nahmen den Faden willig auf. Ja, eigentlich hatte es doch fünf Preisträger gegeben?! Ob jemand krank geworden war?

»Oder freiwillig gestrichen hatte? Wegen des Herrn Gemahls?« Frau Bienert aus Berlin breitete dieses Problem als das ihre in der Halle aus.

»Achtung! Achtung! Die Passagiere des Flugs Nummer vierhundertdrei nach Paris bitte zum Flugsteig E.«

Na bitte, Justus, jetzt fliegst du nach Paris! Das erstemal in deinem Leben.

Jetzt kannst du endlich mit deinem Französisch brillieren! Praxis geht eben immer noch über ein mühsames Selbststudium in Heimarbeit. Ach, Heimarbeit stufst du als etwas Minderes ein? Aber nein, Junge, als absolut ehrenwert, kostenlos und ausgesprochen ehrenwert. Ganz abgesehen davon, was blieb dir schon anderes übrig?

Täglich neun Stunden Reinzeichnen! Immer wieder Schrift, nichts als Schrift. Na schön, die ›Wes‹ und die ›Bes‹ gestochen wie sonst keiner, und? Ab und zu mal eine Pumpe, eine Schraube als Markenzeichen, und zur persönlichen Freude einen Düsenjet im Hintergrund. Als Beigabe. Als Zucker. Als künstlerischen Halt. Und alles für ein Butterbrot.

Da braucht man schon andere Einfälle, um seiner Liebe zu Frankreich gerecht werden zu können.

Lotto, Toto, jede Menge Preisausschreiben, vom Illustriertenquiz bis zum neuen Slogan der Kühlschrankfirma.

›Unser Schrank, der wirkt geballt, immer kühl und immer kalt.‹

Kam zwar nicht in die Endausscheidung, brachte aber immerhin ein Buch über Babypflege. Und ich blieb weiter am großen Geld.

Zähigkeit lohnt immer. »Zähigkeit ist allen Glückes Anfang.« Ein Ausspruch von mir.

Ja, und vor vier Wochen machte sie sich bezahlt, die Zähigkeit. Ein Preis von ABA. Zehn Tage Paris. Es lebe die Waschmittelindustrie!

Hinter der Zollbarriere versammelte Schafranek seine Schäfchen um sich, als beabsichtige er, eine Rede zu halten. Doch er winkte nur ein junges Mädchen heran, um uns mit ihr, dem fünften Preisträger, bekanntzumachen.

Ein Fräulein Meier.

»Darf ich Ihnen behilflich sein?«

Es war nicht die Stewardeß, die diese Frage an mich richtete, es war Fräulein Meier, meine Nachbarin zur Rechten.

Ich hatte gar nicht bemerkt, daß sie neben mir saß. Sie war bereits angeschnallt, hatte mit dem Knopf an der Decke die Frischluft eingeschaltet und blätterte in einem Magazin.

»Darf ich?«

Eine volle, wohlklingende Stimme.

Und dichtes, langes, braunes Haar.

Und große Augen.

Und sehr gepflegte Hände.

Ich hielt die beiden Enden des Anschnallgürtels immer noch unschlüssig vor mich hin.

Sie zeigte mir, wie der Verschluß funktionierte, und lächelte.

»Herzlichen Dank. Darf ich mich vorstellen? Rothemund.«

Sie lächelte. »Ich weiß, und die drei Damen vor uns heißen Bienert, Gundlach und Hafermeister.«

9

Ich drehte den Frischluftknopf über mir in meine Richtung, drehte ihn wieder zur Seite, denn der Luftzug kitzelte mich im Ohr, und suchte mir eine bequeme Sitzstellung.

Wie alt sie wohl sein mochte? Zweiundzwanzig? Dreiundzwanzig? Vielleicht erst einundzwanzig? Und woher kam sie? Norddeutschland? Westen? Süden? Schwer einzuordnen.

Sieht sie nicht wie eine Italienerin aus? Junge, Junge, was du alles hineingeheimnist! Italienerin, nur weil sie eine römische Nase und ein etwas volles Gesicht hat! Sieh doch bitte mal genauer hin, Justus! Was siehst du?

Ausdruck, sehr viel Ausdruck. Die Augen etwas melancholisch, aber intelligent. Das Gesicht, die Arme braungebrannt.

Sagt gar nichts, könntest du auch haben, wenn du nicht tagtäglich neun Stunden im Büro ... Na, bitte, sie hat also Zeit, sich in die Sonne zu legen. Vielleicht haben sie dort, wo sie arbeitet, eine längere Mittagspause?

Und die Schuhe! Erste Wahl. Neuester Chic. Nun übertreib nicht, Justus, was verstehst du schon von der neuen Schuhmode? Dein letzter Besuch in einem Schuhladen liegt etliche Jährchen zurück.

Nicht ohne Grund, alter Junge. Zuerst kommt die Miete, dann sieben Mark Tagessatz fürs Essen, achtzig Mark für Kleinkram, Wäsche, Seife, mal eine Busfahrt, vierzig fürs Vergnügen. Der Rest zur Unterstützung der Mutter.

Was sie wohl jetzt gerade macht? Sitzt sie im Garten und schaut in den Himmel, um ihren Sohn nach Paris fliegen zu sehen? Ob ihr das überhaupt etwas sagt, Paris? Wo für sie doch Würzburg und Kulmbach als die größten Städte der Welt gelten?

»Das ist der Aschenbecher«, sagte Fräulein Meier.

Ich fummelte an der Schiebeleiste der Armlehne hin und her, als wollte ich dadurch die Maschine in Gang bringen.

»Danke«, sagte ich, »ich rauche nicht. Sie?«

»Nein. Wenigstens nicht im Moment.« Aus. Ende. Wegdrehen.

Am Ball bleiben, Justus, du bist doch sonst nicht auf den Kopf gefallen!

»Ich habe einen Kollegen, der raucht täglich seine fünfzig, sechzig Stück.«

»Ach?« Sie tat, als ob sie mir zuhöre. Höflichkeit.

»Die Meinungen über das Rauchen gehen extrem auseinander«, sagte ich.

»Kann sein«, sagte sie.

Menschenskind, Justus, das ist vielleicht ein Dialog! Da schämt man sich ja für die Schweißperlen an der Stirn! Laß dir endlich etwas Interessantes einfallen oder leg eine Pause ein. Oder denke an den Grundsatz: Immer den Partner zu einer Frage herausfordern! Dann fließt die Unterhaltung. Ich deutete auf das goldene Kettchen an ihrem Handgelenk: »Unecht.«

Sie lachte. »Wie kommen Sie denn auf diese Idee?«

Na, was habe ich gesagt, mein Junge? Sie hat reagiert.

»Ein Onkel von mir fabriziert die Dinger serienmäßig.« Lüge, alles Lüge, aber die Unterhaltung läuft sich warm.

»Unmöglich. Diese Kette ist ein Geschenk von ...«, sie stockte.

Na, von wem? Nun sag schon, kleines Fräulein, damit wir uns näher kennenlernen. Nicht? Dann muß ich noch einen Dreh zulegen.

»Freundschaftsschaukeln«, sagte ich.

»Wie bitte?« Sie gab sich erstaunt.

»Diese Dinger heißen Freundschaftsschaukeln. Man erhält sie als kleine Aufmerksamkeiten. Erster Kuß. Abschied einer Liaison oder so.«

»Meinen Sie?«

»Weiß ich.«

»Ich glaube, Sie täuschen sich.« Endgültiges Wegdrehen.

Gratuliere, Justus, das hast du fabelhaft hingekriegt, mein Junge. Selten so ein flüssiges Gespräch erlebt! Darauf darfst du dir etwas einbilden.

Wenn man zum Fenster hinaussah, wurde man geblendet, daß man unwillkürlich die Augen zusammenkniff.

Wir flogen über der Wolkendecke, und die Sonnenstrahlen tanzten auf den silbernen Tragflächen der Maschine. Nur grelles Licht, tiefblauer Himmel und ab und zu ein kleiner weißer Wattebausch. Ich kam ins Träumen.

Anschnallen. Jetzt wußte ich, wie der Verschluß funktionierte, ich sah nicht einmal mehr hin. Noch eine Handvoll

Bonbons, ein Blick aus dem Fenster, wir befanden uns mitten in dicken, grauen Wolken, die einem die Szenerie einer Sauna vermittelten. Ein freundlicher Blick zuf Fräulein Meier.

Keine Reaktion. Sie schlief.

Unter uns Paris, und Fräulein Meier schlief!

Paris!

Die vielbesungene, vielbeschriebene Stadt des bezauberndsten Frühlings der Welt, die Stadt der Grazie und des Charmes, des Temperaments und der Großzügigkeit, und nicht zuletzt des Wesens, um das man sie überall beneidet: der Pariserin. Ich war bereit, zu genießen.

Die erste Pariserin, die mir in den Weg lief, war die Bodenstewardeß am Flughafen Orly. Sie bewegte sich auf kurzen Kugelbeinen, und ihr Charme glich dem einer ausgebeulten Gießkanne. Der Schirm, den sie über sich hielt, tropfte Traurigkeit, denn es goß in Strömen.

Pfützen. Windböen. Nasse Füße. Schüttelfrost. Frühling!

Die Ankunftshalle zeigte sich als angenehm zugige Betonwüste, kalt, unpersönlich, bedrückend.

Vom abfahrenden Stadtbus jedoch sahen wir immerhin noch zwei große, rote, graphisch interessant angeordnete Schlußlichter.

Paris!

»Verzeihung!«

Beinahe hätte ich Fräulein Meier auf den Fuß getreten.

2. Kapitel

Das Hotel lag an der Rue Pierre Curie im Arrondissement Panthéon und trug den Namen »Zur britischen Seefahrt«.

Monsieur Fortune, ein ebenso kräftiger wie bleichgesichtiger Hüne von knapp dreißig Jahren, kam hinter seinem Verschlag hervor und trug eigenhändig die Koffer unserer Reisegesellschaft auf die Zimmer.

Über eine Wendeltreppe, die sich eng und steil und rötlichbraun gebeizt, bis in das fünfte Stockwerk wand. Dort wohnte ich.

Ein sauberes, kleines Zimmer, fünfeckig geschnitten, auf einer Seite mit schiefer Wand, auf der anderen mit einem niederen, rötlichbraun gebeizten Schrank für die Wäsche. Gegenüber der Eingangstür ein Vorhang, hinter dem sich eine winzige Badewanne und ein Bidet verbarg. Das Bett breit, wie ich es mir von Paris nicht anders erwartet hatte.

Ich packte aus, und machte mich fertig für die erste Sight-seeing-tour.

Herr Schafranek bat ins Taxi.

Ich nickte freundlich und setzte mich nach vorn neben Fräulein Meier. Abfahren! Halt, Frau Hafermeister hatte ihre Ansichtskarten im Hotel liegengelassen. Ich holte sie. Halt, und Frau Bienert hatte ihre Brille vergessen. Vierter Stock, Zimmer elf. Steile Wendeltreppen erhalten jung, ich holte die Brille. Nicht ohne vorher höflich zu fragen, ob vielleicht noch jemand der Anwesenden irgend etwas vermißte. Niemand. Na schön, dann konnte die Fahrt beginnen. Halt, ich hatte keinen Pfennig Geld in der Tasche.

»Ich leihe Ihnen welches«, sagte Fräulein Meier.

»Auf Ihre Verantwortung?« sagte ich.

»D'accord?« sagte der Taxichauffeur. Dann fuhr er los.

An der Seine stiegen wir in einen Sight-seeing-Bus um. Zweistöckig und rundherum Glas. Man saß wie auf einem Präsentierteller.

Vorbei am Palais de Justice, Quai de Louvre, Jardin de Tuileries, dem Park, der sich über einen Kilometer entlang der Seine erstreckt, Place de la Concorde, dem riesigen Platz, auf dem man glaubt, die Autos fahren in einem wirren Durcheinander sich gegenseitig in die Flanken.

Dann die Kirche der Madeleine, an der Vorderfront ihre sieben wuchtigen Säulen, die Oper auf ihrem engen Platz, vom Verkehr umspült, Boulevard Haussmann, Rue d'Amsterdam, Boulevard de Clichy, Place Pigalle. Place Pigalle?

Frau Bienert war enttäuscht. Place Pigalle, der lüstern besungene, präsentierte sich im öden Nachmittagsschlaf. Keine Dirnen, keine Apachen, nicht einmal Midinetten. Nur graue Fassaden, von denen die letzte Farbe bröckelte, ein alter Bettler auf einer Bank, ein weißer Pudel, der von einer Matrone mit wippendem Busen von einem Hauseingang verjagt wurde.

»So sah es nicht mal im alten Osten von Berlin aus«, sagte sie, »eine müde Angelegenheit. Da machen'se bei uns im Fernsehen schon mehr aus der Kiste!«

Endstation Place du Tertre. Stimmungsbild unzähliger Ansichtskarten, Inbegriff Pariser Atmosphäre in ausländischen Filmen.

Ein kleiner, quadratischer Platz ziemlich am höchsten Punkt des Montmartre, in unmittelbarer Nachbarschaft von Sacre-Coeur, der romantischen Kirche ganz in Weiß.

Ich sonderte mich ein paar Schritte ab, um den Blick über die Dächer der Stadt zu genießen. Die Sonne kam durch die Wolken und tastete die einzelnen Bezirke ab, der Verkehr klang gedämpft, ein Flugzeug surrte seine Bahn.

Neben mir stand Fräulein Meier.

»Ah, Sie haben sich auch abgesetzt?« sagte ich.

Ihre Augen verrieten, daß sie mit ihren Gedanken woanders war, kaum in Paris, und schon gar nicht auf dem Montmartre an der Rue du Calvaire, die sich nicht als Straße, sondern als Treppe mit Hunderten von Stufen in die Stadt hinabzog.

Jetzt erst bemerkte ich, daß sie blau waren, ihre Augen. Hellblau und ein reizvoller Kontrast zu ihrem dunklen Haar.

Und ihre Figur konnte sich ebenfalls sehen lassen. Sportlich fest, doch überall wohl proportioniert.

»Ich bin nicht für eine Touristenschau«, sagte ich.

»Ich hasse Reisegesellschaften!« sagte sie und blickte weiter über die Dächer.

»Mein Fall sind sie auch nicht. Nur manchmal zu preiswert, um sie nicht auszunützen.«

». . . man könnte sich selbständig machen«, sagte ich nach einer Weile zu Fräulein Meier.

»Das tun wir doch bereits«, meinte sie und schüttelte ihre Haarsträhne aus dem Gesicht.

»Ich dachte, für den Rest des Tages. Paris auf eigene Faust.«

»Nein.«

»Nein?«

»Sie hörten richtig, ich will nicht. Ich bleibe bei der Gruppe.«

»Aber Sie sagten doch eben, daß Reisegesellschaften . . .«

»Man kann ohne weiteres etwas nicht mögen, sich aber trotzdem damit abfinden.«

»Aha.« Mir blieb der Mund offen.

Frau Bienert winkte uns zu, sie stand eingekeilt zwischen Touristen und sogenannten Malern und ließ stehenden Fußes von sich ein Porträt in Rötel zu dreißig Francs anfertigen. Mit Hintergrund fünfzig.

Schafranek und die beiden anderen Damen saßen beim verspäteten Mittag- oder frühen Abendessen in einer Kneipe, die sich »Chez Eugene« nannte, und hatten Fischsuppe vor sich stehen.

Ich schob Fräulein Meier einen Stuhl zu, und wir bestellten ebenfalls Fisch.

Frau Bienert schwenkte triumphierend ihr Porträt durch das Lokal.

»Wenn das mein Mann sähe«, sagte Frau Hafermeister, »der hat früher auch mal jemalt. Den Kölner Dom in Aquarell. Gar nich' so einfach. Jetzt hat er nur noch Fußball im Kopf. Nichts wie Fußball. Am Sonntag ist Entscheidung. Er kann schon nächtelang nich' mehr schlafen.«

Ich mußte ein ziemlich dämliches Gesicht gemacht haben. Frau Hafermeister klärte mich auf: »Schalke Null Vier.«

Ach, sieh mal an, null vier?!

»Hätten die Herrschaften Lust, das Wachsfigurenkabinett zu besuchen?« fragte Schafranek in die Runde.

»Wachsfigurenkabinett?« prustete Frau Bienert.

»Gleich um die Ecke ist das Wachsfigurenkabinett der Berühmtheiten des Montmartre. Nicht groß. In zehn Minuten sind wir durch.«

Die Damen waren begeistert. Fräulein Meier schloß sich an. Da blieb mir nichts anderes übrig, als ebenfalls mitzulatschen.

3. Kapitel

Das Zimmer glich dem meinen. Lediglich der rötlichbraune Kleiderschrank stand rechts von der Eingangstür.

Fräulein Meier sah auch als Kranke äußerst attraktiv aus. Sie lag im Bett, hatte die Decke bis zum Kinn hochgezogen und beobachtete unter halbgeschlossenen Lidern jede meiner Bewegungen.

Es war kurz nach Mitternacht.

»Wie kam Ihnen eigentlich die Idee, bei mir zu klopfen?« sagte sie leise.

»Ganz einfach. Ich wollte mir bei Monsieur Fortune noch irgendwas gegen den Durst holen, einen Sprudel oder so, da hörte ich hinter Ihrer Tür leises Stöhnen. Eine ganze Weile. Monsieur Fortune war nicht aufzufinden, Schafranek schlief anscheinend bereits. Na ja, da habe ich die Initiative ergriffen. Sie brauchen einen Arzt.«

»Ich brauche keinen Arzt. Mir ist nur etwas schwummerig im Magen. Der Fisch.«

»Darf ich mal?« fragte ich, und ohne ihre Antwort abzuwarten, legte ich meine Hand auf ihre Stirn.

»Sie haben Fieber.«

»Ich habe kein Fieber.«

»Achtunddreißig sechs, ich habe das absolute Wärmeempfinden in den Fingerspitzen. Ich werde mich um die Patientin kümmern.«

»Sie werden sich jetzt verabschieden und auf Ihr Zimmer gehen.«

»Ich werde Ihnen jetzt entweder einen Arzt oder ein Medikament beschaffen.«

»Bitte gehen Sie!« sagte sie noch, dann wurde sie grün im Gesicht wie eine Verkehrsampel.

Und Grün bedeutet freie Fahrt. Ich wußte, was ich zu tun hatte.

Ihren Zimmerschlüssel nahm ich vorsorglich an mich, damit sie erst gar nicht auf den Gedanken kam, die Tür hinter mir abzusperren.

Médecin? Pharmacie? An der Rue Pierre Curie wohnte weder ein Arzt, noch gab es eine Apotheke. Ich lief zur Rue Saint Jacques, dann in die Rue Gay Lussac. Nichts.

Auf dem Boulevard Saint Michel allerdings glaubte man die Zeit um etliche Stunden zurückgedreht. Hier brodelte es noch wie um acht oder neun Uhr abends. Studenten mit ihren Mädchen, flanierende Touristen, die Cafés noch überfüllt, die Auslagen der Geschäfte dicht umlagert, der Autoverkehr auf Hochtouren, Polizei an fast jeder Straßenecke.

Ich wandte mich an einen der Blauen, dessen Gummiknüppel ihm verschämt unter dem Sakko hervorlugte, und stellte ihm mein Problem vor. Er wies mich zur nächsten Apotheke.

Am Softeis konnte ich nicht vorüber. Eine große Tüte. Auch für das Mädchen mit dem Supermini neben mir.

»Merci«, sagte das Mädchen mit den traurigen Augen, blinzelte mir zu, drehte sich um, legte ihren Arm um die Taille eines jungen Mannes und schob ihm die Tüte mit dem Eis in den Mund.

Die genannte Apotheke hatte keinen Nachtdienst. Erst die am Boulevard Saint Germain. Ich ließ mir etwas gegen Magenschmerzen geben.

An der Ecke Saint Michel und Rue des Ecoles, zwischen den Straßentischen des Cafés, wieder das Mädchen mit den traurigen Augen. Es kreiste mich ein mit einer Horde fröhlicher Studenten, hielt mich am Arm fest. »Sie müssen unbedingt mitkommen, Robert gibt ein großes Fest«, schnalzte mir einen Kuß auf, allerdings nur auf die Wange, und krallte sich an mir fest.

Robert gab ein Fest.

Ich bemühte mich, meinen Arm freizubekommen, was mir auch schließlich gelang. Da waren wir aber bereits am Ziel. Eine andere unbekannte Schöne drängte mich mit der Meute in einen Hausflur, in dem es nach Zwiebeln roch, in einen Lift aus der Vorkriegszeit, mit Eisengittern, und wir polterten gemächlich in die fünfte Etage.

»Nun muß ich aber wirklich gehen«, sagte ich, aber niemand hörte mir zu.

Im Gegenteil, man schob mich ins Innere einer alten Wohnung.

Eine günstige Gelegenheit, mich aus dem Staub zu machen! Ich drückte mich an der Wand des Flurs entlang, stieg über lange Mädchenbeine »Pardon, Mademoiselle!« und über stachelige Männerwaden, »Hallo, Monsieur!« und gelangte nach einem Hürdenlauf ans andere Ende.

Ein Blick zurück, ob auch niemand bereitstand, mich am Ärmel festzuhalten, dann »Ade, liebe Geburtstagsgesellschaft!« und mit einem Ruck durch die Tür!

Ich stand in der Küche dem Hausherrn gegenüber. Jedenfalls schien er es zu sein, da die anderen zehn bis fünfzehn Gäste, die sich in der Küche drängten, um an den Kühlschrank heranzukommen, ihn mit ›Robert‹ ansprachen.

Robert umschlang mich mit Riesenhänden, küßte mich ab und gab mir lallend zu verstehen, daß er mich bereits seit Tagen vermißte.

Ich sagte, Kunststück, mein Segelboot hätte wegen Stromausfall über Gibraltar fliegen müssen. Das sah er ein, lockerte seinen Griff, und ich entschlüpfte ihm mittenhinein in das pralle Dekolleté eines strohblonden Schwedenmädels, das sie ›Skol‹ nannten.

›Skol‹ war von unserer Bekanntschaft begeistert und drückte mein Gesicht ein weiteres Mal zwischen ihre Brüste. Ich dankte mit einem »Wie aufmerksam, mich mit Ihnen bekannt zu machen« und kroch auf allen vieren aus der Küche. Dann fand ich die Wohnungstür. Ich hatte die Hand bereits am Türgriff, da wurde ich schon wieder begehrt.

Das Mädchen, das mich in den Hausflur gedrängt hatte, hielt mir ein Glas voll trüben Inhalts entgegen. Ich nahm das Glas, goß es in den Briefkasten, sagte, ich sei noch mit der Bardot zu einem Chorgesang verabredet, tupfte der Kleinen einen Abschiedskuß auf die Nase und nahm für meinen Abstieg sicherheitshalber die Treppe. Als ich aus der Haustür trat, kam mir ein neuer Schwarm Fröhlichkeit entgegen.

»Schon zu Ende?« riefen sie mir zu.

»Keine Spur, das Fest erreicht eben seinen Höhepunkt«, rief ich zurück und machte ihnen galanterweise Platz.

Fräulein Meier erwartete mich in einem weißen Morgenmantel.

»Es geht mir bereits besser, Sie können sich schlafen legen«, sagte sie.

»Ihre Nase!«

»Was ist mit meiner Nase?« sagte sie streng.

»Grün. Ihre Nase ist immer noch grün.«

»Aber mein Magen ist in Ordnung.«

»Solange Ihre Nase grün ist, glaube ich Ihnen kein Wort.«
Ich nahm sie wie einen Stapel Wäsche und trug sie ins Bett.

»Sie!« zischte sie, »was erlauben Sie sich?«

Ich hielt ihr die Tabletten entgegen, ein Glas Wasser, sagte »Prost!« und setzte mich in den freigewordenen Sessel.

Sie schluckte zwei Tabletten, spülte mit Wasser nach und schloß ihre Augen.

»Ich dachte schon, Sie kommen nicht mehr.«

»War noch rasch auf einer Party und genehmigte mir ein kleines Eisvergnügen.«

Sie lächelte nachsichtig. Zaghaft zwar, fast unmerklich, aber sie lächelte.

»Und nun versuchen Sie zu schlafen! Ich übernehme die Aufsicht. Keine Widerrede! Ich bleibe hier bei Ihnen, bis ich Sie mit gutem Gewissen allein lassen kann.«

Wir schwiegen.

Nach zwanzig Minuten schlief sie. Nach weiteren fünf war sie wieder hellwach.

»Jetzt geht es mir wieder gut«, behauptete sie.

»Na schön, dann wollen wir einen Test machen.«

»Was für einen Test?«

»Ihr Name?«

Sie zögerte.

Dann sagte sie: »Meier.«

»Vorname?«

Noch mal ein Zögern. Dann: »Dagmar.«

»Alter?«

Wie aus der Pistole geschossen: »Das tut nichts zur Sache.«

»In Ordnung«, sagte ich, »aber man möchte ja schließlich in einem fremden Hotelzimmer nachts um zwei Uhr wissen, mit wem man es zu tun hat.«

»Ich habe Sie nicht gerufen«, sagte sie.

»Nun lüften Sie schon Ihr Geheimnis. Oder wollen wir unseren Parisaufenthalt in der Anonymität verbringen?«

»Mein Geheimnis?« Ein Lauern im Tonfall.

»Na ja, woher kommen Sie, was arbeiten Sie und so fort?« Wie zur Abwehr zog sie die Decke wieder bis ans Kinn.

»Aus Düsseldorf«, sagte sie, »ich komme aus Düsseldorf.«

»Und was arbeiten Sie?« fragte ich.

»Arbeiten?« Sie versuchte, Zeit zu gewinnen.

»Ja, was arbeite ich? Vieles und nichts.«

»Eine klare Antwort.«

»Jedenfalls arbeite ich täglich. Außer am Wochenende. Da spiele ich Golf.«

»Schade«, sagte ich, »ich spiele nur Skat.«

»Sie treiben keinen Sport?«

Vorwurf. Verwunderung. Ein bißchen Verachtung.

»Wenn es darauf ankommt, laufe ich.«

»Ski?«

»Nein, in Schwabing spazieren. Ich komme nämlich aus München.«

»Ich dachte Hamburg?«

»Da habe ich nur studiert. Dann ging ich kurz nach Köln, und seit etlichen Jährchen hänge ich in München herum.«

»Gefällt es Ihnen?«

»Da müßte man das Berufliche vom Privaten trennen.« Was ich denn so beruflich mache? Ah, Justus, spürst du was? Nach deinem Privatleben wagt sie nicht zu fragen. Noch nicht!

Und ich erzählte von meinem Tagesablauf. Halb sieben Wecken durch Mutter Moosrainer. Um sieben Uhr zweites Wecken. Dusche. Heiß, kalt, heiß, kalt. Zwei Semmeln mit Zitronenmarmelade, eine große Tasse warme Milch. Nein, keine Zigarette.

Dann mit dem Fahrrad ins Büro. Ja, bei jedem Wetter mit dem Fahrrad, im Winter mit Zipfelmütze. Im Büro den weißen Kittel aus dem Kasten und mit Hechtsprung hinein unter die Dreihundert.

»Dreihundert?« sagte sie.

Ja, wir arbeiten modern. Nur Großraumbüros. Jedes mit über dreihundert Angestellten.

»Alles Graphiker?« sagte sie.

Aber nein, alles durcheinander. Natürlich irgendwie geordnet. Der Einkauf, der Verkauf, die Auslandsabteilung. Alles in einem Riesenraum.

Keine Wände, keine geschlossenen Gänge, keine Türen. Nur mannshohe Regale, Schreibtische, Stellwände zum Verändern.

In der Mitte des Großraums eine Oase für die Pausen. Liegen, Tische, Zigaretten-, Schokoladen-, Kaffeeautomaten, eine Kühltruhe.

Alles rationell durchdacht. Arbeitsvereinfachung durch die unmittelbare Nähe der Abteilungen, die zusammenarbeiten, kein Leerlauf.

Und in einer Ecke des Großraums die Werbeabteilung. Und an einem der zehn Zeichenbretter Justus Rothemund, der unverbesserliche Optimist, der nach jahrelang festgefahrenem Trott immer noch hofft, eines Tages in einem eigenen, wenn auch noch so winzigen Raum, zeichnen zu können.

Nicht unter ständiger Aufsicht der Sachbearbeiter für ›Media-Planung‹, für ›Fernsehreklame‹, für ›Verkaufsförderungsmaßnahmen‹, wie da sind Plakate, Aufsteller in Einzelhandelsgeschäften und so weiter.

Zweiundachtzigtausend dieser Geschäfte müssen mit Werbung betreut werden. Zweiundachtzigtausend! Und immer wieder Schrauben, Pumpen, Motoren, Schrauben, Pumpen.

Die Kollegen meinten zwar, ein Großraumbüro sei etwas Ideales. Die Führungskräfte werden ständig von den Angestellten kontrolliert. Die Verwaltung wird vereinfacht. Die Konkurrenz belebt. Die Kolleginnen ziehen sich hübscher an. Die Eitelkeit nimmt zu. Es macht mehr Spaß, zu arbeiten.

Spaß? Ich bin mehr fürs Individuelle. Ich bin nicht für Massenaufmärsche, seien sie noch so rationell verplant. Ich bin ein Einzelmensch. Und möchte auch einer bleiben.

Dagmar Meier war eingeschlafen. Kunststück, welchen Menschen kann man schon zu nächtlicher Stunde mit einem Großraumbüro begeistern!

Ich verließ das Zimmer und achtete darauf, die Damen Hafermeister, Bienert und Gundlach nicht zu stören.

4. Kapitel

Herr Schafranek hatte die Liftkarten für den Turm des französischen Ingenieurs Alexandre Gustave Eiffel besorgt und stellte uns bei dieser Gelegenheit eine neue Dame vor. Fräulein Bingstett. Schätzungsweise Mitte dreißig, sehr blond, mit einem Mund so groß wie die Einfahrt zur Geisterbahn auf dem Dom in Hamburg.

»Eine Bekannte von mir«, erläuterte Herr Schafranek.

Ich suchte die Nähe von Dagmar, doch sie ging mir aus dem Weg, bis wir in der Kabine des Fahrstuhls gegeneinander gedrängt wurden.

»Ein herrlicher Tag«, sagte ich.

Keine Antwort. Nur ein Blick, der an mir vorbeiging.

»Ein Tag, wie er schöner nicht sein kann.« Ich legte meinen geballten Charme in den Satz.

»So?« sagte Dagmar, ohne dabei den Blick zu wenden.

»Stellen Sie sich vor, Sie wären jetzt im Büro. Schrecklich, was?« Ich ließ nicht locker.

»Finden Sie?« Abschluß. Ende. Keine weitere Bereitschaft zu einer geistvollen Konversation.

Warum sind Frauen nur stets darauf bedacht, diplomatisch zu wirken? Warum sind sie nicht offen und ehrlich wie wir Männer?

Käme es einem Mann jemals in den Sinn, sich abends so und morgens so zu geben? Erscheint ein Mann jemals undurchsichtig? Fremde Haare werden doch lediglich von den Frauen gefunden. Auf den Anzügen der Männer. Ein Zeichen, wie unkompliziert die Männer sich geben. Wie offen und ehrlich sie sind.

Man drängte auf die erste Plattform in achtundfünfzig Meter Höhe.

»Pardon, Monsieur, würden Sie bitte ein Stückchen zurücktreten?« sagte der Erklärer des Turms zu mir.

Ich trat. Ein Stückchen. Und mitten hinein in den Abfalleimer des Restaurants, den beflissene dienstbare Geister freundlicherweise genau hinter der Aufzugstür postiert hatten. Fffft! machte es. Um nicht nach vorn wegzurutschen und mit dem Kinn auf das Eisengeländer zu schlagen, stützte ich mich geistesgegenwärtig mit beiden Händen auf einen Querbalken. Und auf die Verewigungen der über alles geliebten Tauben.

Und kein Taschentuch, wie immer. Ich schlenkerte meine Hände über dem Geländer, daß die Untenstehenden den Betriebsausflug eines Taubenschwarmes vermuten mußten.

Der Erklärer indes sprach über die Wetterwarte in der obersten Kuppel.

Die Damen folgten den Ausführungen mit Interesse. Schafranek bemühte sich intensiv um eine Blickverbindung mit Fräulein Bingstett, das in eine Gruppe Franzosen eingekeilt war. Und Fräulein Meier besah sich die Aussicht. Oder tat zumindest so.

Als wir in zweihundertsechsundsiebzig Meter Höhe aus dem Fahrstuhl stiegen, ergab sich eine neue Gelegenheit.

»Dagmar«, sagte ich leise, so daß es die anderen nicht hören konnten, obwohl der Wind eigentlich mehr Lautstärke verlangte, »Dagmar, was halten Sie von einem Omelette mit Krabben?«

»Wieso?«

»Wir könnten gemeinsam zu Mittag essen, ich lade Sie ein. Soviel ich weiß, steht uns der Nachmittag sowieso zu freier Verfügung. Haben Sie Lust? Na?« sagte ich noch mal, um die Frage nicht versanden zu lassen.

»Warum nicht?« sagte sie, »keine schlechte Idee. Dann wollen wir uns gleich von Schafranek und den Seinen verabschieden.«

Sind die Frauen nicht rätselhafter als das Wetter des nächsten Jahres?

In einer Nebenstraße fanden wir, was wir wollten.

Ein Bistro mit schiefen Wänden, rot gedeckten Tischen, einem schmunzelnden Patron mit gemütlichem Zwirbelbart und eine zivile Speisekarte. In einer Ecke saßen auch einheimische Arbeiter. Ein Lokal für uns.

Es gab wahrhaftig Omelette mit Crevetten, einen süffigen Rotwein und Unmengen von Weißbrot. Hinterher alle möglichen Sorten Käse, vom Boursin bis zu einem Butterkäse mit Früchten, der auf der Zunge zerging.

Wir freuten uns gegenseitig über unseren Appetit und konnten nicht verstehen, daß es Menschen gibt, die sich im Essen Zurückhaltung auferlegen.

Gegen vier hatten wir unser Mittagsmahl beendet. Jetzt noch ein Softeis vom Verkäufer an der Ecke, und wir schwebten mindestens im sechsten Himmel.

»Irgendwie sind wir doch Kollegen?« Ich drückte mir das letzte Stück Waffel in den Mund.

»Sind wir?« Unsicherheit. Abwehr.

»Was die Gehaltsstufe betrifft. Oder unser Hiersein in Paris.«

»Und? Hat das etwas zu bedeuten?«

»Wir befinden uns sozusagen in einer Ausnahmesituation. Im Ausland. Auf uns selbst gestellt.«

»Sehen Sie darin irgendwelche Schwierigkeiten?«

»Kollegen in Ausnahmesituationen sagen gewöhnlich Du zueinander. Ohne Gewicht. Nur so. Kumpelhaft.«

Sie zögerte. Als müsse sie eine Hürde nehmen.

Ich hielt ihr die Steigbügel. »Du brauchst dir nichts dabei zu denken. Es ist nur gemütlicher.«

»Na schön«, sagte sie, »wenn du meinst.« Und setzte rasch hinterher: »Aber nicht vor den anderen.«

»Haben wir noch Lust auf einen Kaffee?«

Die Frage war überflüssig, ich sah ihr in die Augen und wußte, sie hatte.

Wir setzten uns an einen der Straßentische des Cafés Ecke Saint Michel und Rue des Ecoles. Von weitem flatterte ein Mädchen mit den Armen.

»Die meint dich«, sagte Dagmar.

»Meint sie nicht uns?«

»Ich kenne das Mädchen nicht«, sagte Dagmar und sah auf die Getränkekarte.

Und ich? Ja, ja, Justus, eine alte Freundin macht dir Winke-Winke. Die Kleine mit dem traurigen Blick, na, die von gestern nacht, der du die großherzige Einladung zu Roberts Fest verdankst!

Es hatte geklingelt. Ich winkte zurück und deutete auf Dagmar, was die Süße auch sofort verstand und unserem Tisch fernblieb.

Dagmar verlangte keine nähere Erklärung. Sie gab sich mit der Begebenheit zufrieden. Sie zeigte keine Neugier. Kein Interesse. Keine Eifersucht. Eigenartig. Geradezu aufreizend. Aufreizend?

Wollen wir die Dinge doch mal an ihren Platz rücken. Fräulein Meier, eine Waschmittelkollegin, die ich seit zwei Tagen kannte. Fräulein Meier, mit der ich mich notgedrungen eingehender beschäftigte als mit den drei liebenswerten alten Damen. Notgedrungen? Wirklich nur notgedrungen? Das war der springende Punkt, zu dem mir die eindeutige Antwort fehlte.

»Ich weiß zwar nicht, wer du bist, was du machst, wer deine Freunde sind, wie deine Umgebung aussieht«, sagte ich zu ihr. Dabei stocherte ich mit dem Löffel im Kaffee herum. Vielleicht lagen die Antworten auf dem Grund der Tasse?

»Genaugenommen weiß ich gar nichts von dir«, sagte ich, »nur, daß du ein angenehmer Anblick bist, daß dir eine Haarsträhne den linken Ausguck versperrt, daß du traurig und lustig sein kannst, einen erfreulichen Appetit entwickelst und genauso aktiv wie zurückhaltend erscheinst.«

»Muß man immer gleich alle Türen öffnen, wenn ein unangemeldeter Besuch erscheint?« sagte sie und sah mir zum ersten Mal herausfordernd in die Augen. Ich merkte, daß sie mich bis jetzt noch nie so angesehen hatte. Ja, ich meinte, sie hätte mir eigentlich überhaupt noch nie in die Augen gesehen. Bewußt, klar offen.

»Nicht alle Türen, nicht alle, Mädchen, aber vielleicht wenigstens die zum Wohnraum. Welcher Besuch steht sich schon gern in der Diele die Beine in den Anzug?«

»Zeit«, sagte sie, »ein Kennenlernen braucht nun mal seine Zeit.«

»Manche Sympathie schlägt wie der Blitz ein.«

»Sympathie? Ich bin noch beim Kennenlernen.«

»Beispiele bedürfen einer gewissen Überzeichnung. Noch einen Kaffee?« — Sie lehnte ab. Den Kaffee.

Wir mischten uns unter den Menschenstrom, der sich den Boulevard hinaufschob und ließen uns treiben.

»Natürlich kommt es nicht darauf an, wie rasch zwei Menschen aneinander zünden. Stufenraketen haben auch etwas für sich. Hauptsache, die Sprengladungen ergänzen sich. Bei mir zum Beispiel läßt sofort jegliche Energie nach, wenn ich auf einen Zehntausender treffe.«

»Zehntausender?« fragte sie und hielt an.

Wieder der Blick. Zum zweiten Male, Justus, zähle genau mit, denn dieser Blick hat etwas zu bedeuten! »Die sogenannten oberen Zehntausend.«

»Ich verstehe. Und bei so einem Mädchen läßt bei dir jegliche Energie nach?«

»Du sagst es. Ich bin mehr für eine schlichte Persönlichkeit als für eine Marionette des Herrn Papa. Mehr für jemanden, dessen Meinung nicht durch das Bankkonto der Familie geprägt wird. Der auf eigenen Füßen steht. Der fröhlich sein kann, wenn es ihm paßt. Der so lebt, wie er will. Der sagt, was er denkt. Der nicht durch die Schule einer verdrucksten Diplomatie geschleust wurde. Der offen und ehrlich ist. Vor allem sich selbst gegenüber.«

»Ich kann dich verstehen«, sagte sie und hielt am Bordstein an, um eine Verkehrslücke abzuwarten, »ich lehne solche Männer auch ab. Aber auch andere.«

»Zum Beispiel welche?«

»Zum Beispiel solche, die nur nach genormten Meinungen urteilen. Die nicht mehr den einzelnen Menschen betrachten. Die sagen, alle Linkshänder sind verschlagen. Oder alle rothaarigen Männer sind eingebildet.«

»Geht das gegen mich?«

»Nehmen wir einmal an, meine Familie bestünde seit Generationen nur aus Trinkern. Oder asozialen Elementen. Würdest du dich dann trotzdem an mich anschließen?«

»Schließe ich mich an dich an?«

»Ich habe den Eindruck.«

»Hm.« Ich überlegte. Nicht nur, um dem Omnibus auszuweichen, der mir um ein Haar über die Schnürsenkel gefahren wäre. »Hm. Ist deine Angst denn berechtigt? Kommst du aus einer Familie, der gegenüber man Vorurteile haben könnte?«

»Nein«, sagte sie und schüttelte wieder einmal ihre Haarsträhne vom linken Auge, »nein, meine Familie ist eine

Durchschnittsfamilie. Grau in grau. Nichts Besonderes. Mein Vater ist kleiner Beamter bei der Stadt. Meine Mutter näht in ihrer Freizeit für die Nachbarn.«

»Und aus welcher Ecke kommen deine Hemmungen?« Ich stellte die Frage ins Blaue hinein.

»Hemmungen? Ich?« Sie spielte Überraschung und konnte ihren Ärger nicht verbergen.

Der Startschuß war gegeben. Das Thema war gestellt. Hemmungen! Der Vorwurf aus der Mottenkiste. Wir diskutierten darüber auf der Straße, vor dem Hotel, in der Drehtür, vor dem Prunkspiegel, auf der Wendeltreppe, vor ihrem Zimmer.

Wir diskutierten ins Uferlose. Und eigentlich ging es nur um den heutigen Abend. Und um den morgigen. Und vielleicht um eine lustige Woche.

»Ich möchte nicht, daß uns jemand zuhört«, sagte sie nach einer Weile und zog mich in ihr Zimmer. Ich war nicht zu bremsen. Wie unser Mathematiklehrer. Wenn der einen Vortrag auf der Pfanne hatte, mußte er ihn garkochen, auch wenn der Ofen längst aus war.

»Genug«, sagte Dagmar, »wir vertagen das Thema.«

Dann ließ sie sich aufs Bett fallen. Einfach so.

Aufforderung? Einladung? Oder nur müde?

Langsam ging ich auf sie zu. Wird sie reagieren? Wenn ja, wie? Wird sie sich abwenden? Zur Seite rollen? Die Beine anziehen? Abwehrstellung? Oder wird sie ruhig liegenbleiben? Nichts machen? Abwarten? Oder wird sie . . .?

Als ich vor ihr stand, trafen sich unsere Blicke. Ausgiebig. wie zum Studium. Ich vermochte den ihren nicht zu deuten. Neutral, absolut neutral.

Ohne sich zu bewegen, sagte sie: »Ich arbeite als Sekretärin bei den Steuben-Werken.«

Ah, sieh mal an, bei Steuben? Ganz schön klotziges Unternehmen. Wie Siemens oder Bayer Leverkusen oder so.

»Jeden Tag acht Stunden. Manchmal mehr. Kein Großraumbüro. Nur vier Mädchen im Zimmer. Drei Wochen Urlaub im Jahr. Krankenkasse abgezogen. Essen in der Kantine. Ich tue, was die meisten Mädchen tun. Und ich spiele auch nicht Golf. Bist du nun beruhigt?«

Es war ihre bisher längste Rede.

Justus, man kommt aus dem Staunen nicht mehr heraus! Da quält man seine Gehirnwindungen, ob das brave Kind so oder so oder vielleicht völlig anders reagiert, und dann legt man sich ohne große Einleitung einfach daneben, und das Problem ist gelöst.

Kein Einwand. Kein Desinteresse. Im Gegenteil. Sie schlang ihre Arme um meinen Nacken. Etwas scheu noch, zugegeben, aber sie schlang.

Ob ich mich zu ihr beugte oder sie mich zog? Wer will schon nachher an Kleinigkeiten herumnörgeln? Jedenfalls schlug meine Nase gegen ihre. Unsanft. Ich hörte für einen Moment den gemischten Chor der Himmelsdamen.

Aber es klappte dann doch noch. Ich meine, daß wir uns zum Küssen arrangierten.

Sie machte das nicht schlecht. Deutete auf Routine hin. Wie viele Jahre sie wohl schon übte? Mit dem Referenten aus der Exportabteilung?

Justus, konzentriere dich! Man liegt nicht mit einem Mädchen wie Dagmar in einem romantischen Pariser Hotelzimmer und denkt in der Weltgeschichte herum.

Komisch. Da hatte man den Anlauf genommen, und nun fehlte der Drang zum Ziel. Das Mädchen war lieb und sogar mit einem Kerl wie dir einverstanden, und dennoch! Was war das bloß? Ja, was war das? Es hörte sich wie Klopfen an? Ihr Herz? Und eine fremde Stimme! Eine fremde?

Die Stimme von Monsieur Fortune!

»Madame, s'il vous plaît!«

Französische Schule! Ein Kavalier. Madame! Obwohl er genau wußte, daß Madame noch eine Mademoiselle war. Er klopfte nicht zu laut. Er machte sich bemerkbar, ohne zu stören. Und begehrte keinen Einlaß. Sondern wartete geduldig. Kundendienst. Das war Paris! Es lebe Gallien!

Für Fräulein Meier liefe bereits seit heute morgen eine Voranmeldung aus Deutschland. Düsseldorf. Man habe schon mehrmals heraufgeklingelt. Wahrscheinlich sei die Leitung aufs Zimmer defekt. Ist Madame jetzt zur Annahme des Gesprächs bereit? Vielleicht unten am Empfang? Die Leitung war nicht defekt. Mich hatte schon die ganze Zeit ein fernes kitschiges Geläute der Englein gestört, als Hintergrund unserer Kußzeremonie. Es war das Telefon.

»Ich probiere es von hier oben aus«, rief Dagmar durch die Tür.

»Wie Madame wünschen«, rief Fortune. Dann empfahl er sich.

»Möchtest du beim Telefonieren lieber allein sein?« sagte ich und stellte meine Einsfünfundachtzig wieder senkrecht ins Zimmer.

»Ja. Ich will mich auch für den Abend zurechtmachen. Wohin gehen wir?«

»Ich habe eine gute Adresse. Ein kleines Lokal in der Rue Galande. Nicht weit von hier. Nachher einen Bummel über die Champs-Elysées.«

»Gut, Hol mich in einer Stunde ab.«

»Ich klopfe dreimal.«

Wir gaben uns noch einen Abschiedskuß. Kühl. Herb. Sachlich. Aber nicht übel.

Als erste fragte ich Frau Gundlach, die Dame aus der Pfalz.

Ich stellte ihr die Frage ganz beiläufig. Sie wußte nichts. Hatte nichts gesehen, nichts gehört.

Dann stampfte Herr Schafranek die Wendeltreppe nach unten. Fertig zum Rendezvous mit Fräulein Bingstett. Seinem lüsternen Blick nach zu urteilen.

Er wußte ebenfalls nichts.

Erst Monsieur Fortune, der außer Haus war, konnte mir helfen.

»Madame wurde von einem Wagen abgeholt«, sagte er.

Von einem Wagen? Ohne mir etwas zu sagen? Das ist nicht möglich! Wann?

»Etwa eine halbe Stunde, nachdem sie ein Telefongespräch aus Deutschland hatte.«

Und sie hat mich nicht davon unterrichtet? Ließ mich ein frisches Hemd anziehen, Schuhe putzen, Haare kämmen!

»Mit was für einem Wagen?«

»Ich glaube, es war ein Rolls-Royce, Monsieur.«

Ein Rolls-Royce! Daß ich nicht lache! »Ein Rolls-Royce? Monsieur Fortune kennt die Autotypen? Auch einen Rolls-Royce?«

»Gewiß, Monsieur, ich kenne ihn. Es war ein Rolls-Royce. Mit Chauffeur.«

Mit Chauffeur! Jetzt wird die Sache langsam komisch! Rolls-Royce mit Chauffeur! Was die Leute sich so alles einbilden! Halluzinationen. Einflüsse von außen. Vielleicht wurde gestern abend im Fernsehen ein Film gezeigt, in dem ein Rolls-Royce...? Und wenn es doch ein Rolls-Royce war? Mit Chauffeur?

»Hm, und Madame hat Ihnen keine Nachricht hinterlassen?«

»Nein, Monsieur«, sagte Monsieur Fortune.

»Und Sie konnten auch sonst nichts in Erfahrung bringen? Ich meine, hm...« Ich wußte nicht, wie weit ich mit meinem Interesse gehen sollte.

»Nein, Monsieur, ich weiß nichts.«

»Danke, Monsieur Fortune.«

»Nur«, sagte er, bevor er sich seiner Arbeit hinter dem Verschlag zuwandte, »nur, daß die Fahrt nach Auteuil gehen sollte, habe ich verstanden.«

»Nach Auteuil? Was ist das?«

»Auteuil ist ein Außenbezirk von Paris. Im Westen der Stadt. Beim Bois de Boulogne.«

»Danke, Monsieur Fortune.«

Ärgerlich. Ausgesprochen ärgerlich! Was ist denn daran ärgerlich? Verbringe ich eben den Abend allein. Kein Beinbruch. Allein in Paris! Herrlich! Alle Chancen offen.

Na ja, es war schon ärgerlich. Piekfein für ein Souper zurechtgefummelt und nun plötzlich umschalten müssen!

Ganz abgesehen davon, daß ihr Verhalten ungehörig war. Zuerst so tun als ob und dann heimlich abrauschen. Mit einem Rolls-Royce! Mit Chauffeur! Ohne Nachricht. Ohne Gruß. Nicht einmal der kleinste Hinweis. Auteuil! Was sagt das schon? Nur die zufällig aufgeschnappte Fahrtrichtung.

Mensch, Justus, wo ist dein Verstand? Du bist in Paris, der Stadt der Frauen. Rings um dich Französinnen. Klein, groß, zierlich, brünett, mit Blicken, die Fröhlichkeit verheißen!

Richtig, alter Knabe, schließlich trägt man ja auch keine Eulen nach Athen. Oder Bier nach München.

Rauf aufs Zimmer. Runter mit der Krawatte. Raus aus dem weißen Hemd. Rein in die Cordhose. Pullover und bequeme Latschen. Au revoir!

In einer Nebenstraße lehnte ich mich an eine Hauswand. Ich fühlte mich einsam und bemitleidenswert. Konzentration, was ich brauchte war Konzentration. Augen auf, starr auf ein Ziel gerichtet. Dann ein paar Schritte gelaufen. Es klappte.

Ein Taxi überholte mich, ich sah ihm nach. Ungefähr fünfzig Meter weiter hielt es in der Dunkelheit. Auf einmal ein Schrei. Er klang wie ein Hilferuf.

Ich setzte mich in Trab und erreichte den Wagen, als der Chauffeur gerade ausstieg und auf einen Menschen wies, der wenige Schritte entfernt auf dem Trottoir lag.

Eine Frau.

Ein Blick des Taxichauffeurs, ich packte mit zu. Wir trugen die Frau in den Fond seines Wagens.

»Scheint überfallen worden zu sein«, sagte er.

»Überfallen?«

»Kommt hier jede Nacht ein paarmal vor. Am Montmartre leben mehr als dreitausend nicht registrierte Armenier. Lauter Meister ihres Fachs.«

Ich sah ihn fragend an.

»Taschendiebe.«

Und als ich nichts erwiderte, meinte er, es sei zwecklos, eine Verfolgung zu starten. Auch die Polizei habe schon längst resigniert. Sie nehme nicht einmal mehr Protokolle von den Überfällen auf.

Um die Frau in den Wagen zu heben, mußte ich auf den Polstersitz klettern. Schwer zu schätzen, wie alt sie war, noch dazu, wenn einem der Kopf brummt. Aber die Jüngste war sie nicht mehr.

Sie war stark geschminkt und trug einen ärmellosen Pullover aus weitmaschigem Netz. Ihre Oberarme glichen im Umfang denen eines Berufsringers.

Sie hielt meine Hand fest umklammert, schlug die Augen auf, nannte eine Adresse, der Chauffeur fuhr los, ich saß im Taxi.

Vor einer dunklen Toreinfahrt hielt der Wagen. Eine finstere Ecke. Kein Mensch auf der Straße.

»Hier wohne ich«, sagte die Frau zu mir, »können Sie mich nach Hause bringen?«

Ich sah den Taxichauffeur an. Der nickte mir zu.

»Hab' keine Zeit«, sagte er und ließ den Motor wieder an.

Na, Justus, du bist doch auf Hilfsbereitschaft trainiert. Ein ehernes Gesetz deiner Erziehung!

Ich schleppte die Frau durch die dunkle Toreinfahrt, und ihre Locken kitzelten mich unterm Kinn.

Nach der Einfahrt gab es einen Hinterhof, dann noch eine Einfahrt, einen zweiten Hof, eine dritte Einfahrt mit Hof, und jeder der Höfe lag um einige Meter höher. Es roch nach Abfall.

Die Frau sperrte eine Tür.

»Nur noch zwei Etagen«, schaufte sie, »wenn es Ihnen nichts ausmacht?«

Sie packt dich an deiner Ehre, Justus! Deine weichste Stelle.

»Wo ist der Lichtschalter?« fragte ich und schob und zog sie die Treppe hoch.

Ein schmaler Wohnungsflur, vorbei an mehreren Kisten und einem Fahrrad, und wir standen in einem geräumigen Zimmer, kahl und nüchtern, von dem ein vergilbter Paravent ein Stück abteilte.

»Cognac? Whisky?« fragte die Frau und verschwand hinter dem Wandschirm.

Ich lehnte dankend ab. Erstens stelle ich meine Hilfe uneigennützig zur Verfügung, und zweitens hatte ich keine Lust auf Konversation.

»Nehmen Sie sich einen freien Stuhl, ich bin gleich soweit.« Warum sollte ich mich setzen? Was heißt, sie sei gleich soweit? Wie weit wollte sie denn sein?

»Geht es Ihnen wieder besser, Madame?« Ich lauerte auf die Antwort.

»Ja, ich fühle mich wieder wohl«, kam es hinter dem Paravent hervor.

»Schön. Dann verabschiede ich mich. Au revoir, Madame.« Ich drehte mich zur Tür.

»Nur noch einen Augenblick! Wer wird es denn so eilig haben?«

Ich ließ mich tatsächlich darauf ein, meine Hand von der Klinke zu nehmen. Was erwartete ich?

Sie trat hinter dem Paravent hervor, und mir war alles klar.

Mensch, Justus, du kommst aus der tiefsten Provinz! Trotz deiner Lehrjahre in Hamburg und München. Du fällst ja auf die billigste Masche herein! Dich legt man ja aufs Kreuz, wie man will.

Sie hatte sich umgekleidet. Oder ausgezogen. Oder was auch immer.

Ein schwarzseidener Morgenmantel teilte sich in der Mitte und ließ einen Blick auf Madame in Natur zu.

Ich war verwirrt. Zwar nur für ein paar Sekunden, aber immerhin.

»Keine Angst«, sagte sie, »ich bin mit fünfzig Francs zufrieden.«

Ich schüttelte den Kopf. Stumm. Verbissen. Und energisch.

»Dann dreißig«, sagte sie, öffnete den Schwarzseidenen langsam wie einen Vorhang zu Beginn eines Dramas und kam auf mich zu.

Und da hatte ich einen Lichtblick!

»Kenne ich«, sagte ich und hielt die Luft an.

»Was?« Jetzt lag das Erstaunen bei ihr.

»Den Trick mit dem Taxi.« Ich gab mich überlegen. Selbstbewußt. Weltmännisch.

»Pech«, sagte sie und bezog es auf sich. »Aber weil du schon mal hier bist, und weil es schon spät ist, und weil du mir außerdem gefällst, komm her! Ich verlange nichts.«

Sie breitete ihre Arme nach mir aus, als wollte sie mich an ihre Brüste drücken.

Es blieb das letzte Bild von ihr, das ich in mich aufnahm.

Ich schloß die Tür hinter mir, lief die Treppe hinunter und ging durch die drei Hinterhöfe. Bei der letzten Toreinfahrt begegnete mir ein Mann. Ich glaubte, in ihm den Taxichauffeur zu erkennen. Wir kreuzten grußlos unsere Wege.

Als ich zum Hotel kam, war es gegen drei Uhr morgens.

Der Schlüssel von Zimmer zwölf hing am Brett. Sie war also noch nicht zu Hause. Na, mir war es egal, ich zog mich jedenfalls die Wendeltreppe hoch. Adieu, Mädchen von den Steuben-Werken, ich bin reif für den Schlummer.

Ich hatte mein erstes Pariser Abenteuer hinter mir.

5. Kapitel

»Guten Morgen, meine Damen, guten Morgen, Herr Rothemund. Heute können Sie wählen. Ein Ausflug nach Sèvres, zur berühmten Porzellanmanufaktur. Eine Besichtigung von Schloß Versailles. Oder Palais Royal und Tuilerien?«

Schafranek, ausgeruht, rosig, gut gelaunt, im Schlepptau Fräulein Bingstett.

Die Damen konnten sich nicht einigen. Frau Gundlach plädierte für Versailles. Frau Hafermeister hatte es das Porzellan angetan. Und Frau Bienert berlinerte: »Ick bin fürn Louvre.«

»In den Louvre gehen wir morgen«, sagte Schafranek, »wie wäre es denn heute mit dem Palais Royal und den Tuilerien?«

Na schön, Palais Royal. Die Damen sprachen sich ab, teilten Schafranek das Ergebnis mit, der betätigte die Drehtür, denn vor dem Hotel wartete schon das Taxi.

In letzter Sekunde erschien Dagmar.

Leicht verschlafen. Blaß. Und wenn man sie genau betrachtete, mit schweren Lidern.

Sie verteilte Charme nach allen Seiten, wie Mutter morgens die Butterbrote.

Die Mannschaft fuhr ab zur Besichtigung. Stimmung großartig, die Moral im Eimer.

Wir sprachen über Belangloses. Wie es uns denn ginge? Ob wir auch gut geschlafen hätten? Ob wohl das schöne Wetter weiter beständig bleibe? Blablabla.

Wir sahen uns an, ohne uns zu sehen. Ich hielt ihr die Türen. Sie dankte. Ich hob ihr die Handtasche von der Straße auf. Sie dankte. Ich machte in Konvention und guter Erziehung. Sie dankte für alles und für jedes.

Bis es mir zuviel wurde. Da schleifte ich sie in eine Ecke des Gartens der Tuilerien, der Pavillons, die unter anderem Napoleon bewohnt hatte, mitten im Verkehrszentrum der

Stadt, von den Medici im sechzehnten Jahrhundert erbaut. Natürlich nicht, um ihr Geschichtsunterricht zu erteilen.

»Du tust mir weh.«

Ich ließ ihren Arm los.

»Was willst du von mir?«

Ich war sprachlos. Was ich von ihr wollte? Schließlich wollten wir gestern abend zusammen essen. Schließlich hatte sie mich versetzt. Mit einem Rolls-Royce. Auteuil! Chauffeur! Das wollte ich von ihr. Was wollte ich tatsächlich von ihr?

Ich sagte nichts. Und ging zurück zu den anderen. Mit zwei Schritten war sie bei mir.

»Ich kann dir das nicht erklären«, sagte sie, »es ging alles so rasch.«

»Ist auch nicht so wichtig.«

Ich spielte den Überheblichen. Über allen Wolken. Ohne Pfeffer und Feuer. Feuer? Hatte ich überhaupt schon Feuer gefangen? Bei nüchterner Beurteilung: nein. Aber die gekränkte Eitelkeit zündelte.

»Ich konnte dich nicht mehr benachrichtigen. Die Zeit war knapp. Du hättest so endlos palavert«, sagte sie, dann waren wir wieder zwischen Hafermeister und Schafranek.

Was sagte sie da? Ich würde palavern? Ausgerechnet ich? Der ich kurz, knapp und logisch denke? Ich möchte nicht wissen, ob sie sich heute nacht den Mut angetrunken hat, derartig fadenscheinige Behauptungen aufzustellen.

Auf den Stufen zum Palais Royal blieb sie etwas hinter den anderen zurück.

»Es tut mir leid, Justus«, sagte sie, »aber ich kann auch heute abend nicht. Und morgen. Und die ganze Zeit.«

Peng! Scharfe Munition. Trotz der freundlichen Miene. Trotz des Schleuderns der Haarsträhne.

Heute abend? Hatte ich sie gefragt, ob sie heute abend Lust hat? Hatte ich? Ich glaube, nein. Wie kommt sie auf die Idee, ich hätte die Absicht, sie um den heutigen Abend zu bitten? Ziemliche Einbildung. Ganz hübsch selbstgefällig.

Und wenn? Selbst wenn ich die Absicht gehabt hätte, den heutigen Abend mit ihr — ich hatte sie noch nicht danach gefragt! Ganz abgesehen davon, mein Fräulein, daß auch ich heute abend keine Zeit habe. Tut mir sehr leid. Schon besetzt. Heute und die übrigen Abende. Verabredet.

Mit wem? Unwichtig. Völlig unwichtig. Mit einem hübschen, lustigen, blonden Dingelchen. Toller Busen. Und auch sonst.

Unerhört! Abzusagen ohne eingeladen zu sein! Das Fräulein bewegt sich tatsächlich mit beiden Beinen standfest auf der Erde. Nur nicht auf dem Boden der Tatsachen ...

»Herr Rothemund!«

»Ja?«

»Wir gehen nach Hause«, sagte Schafranek, »die Führung ist beendet.«

Nach Hause bedeutete Freizeit. Paris individuell. Nach Hause bedeutete Rolls-Royce mit Chauffeur und »Au revoir, Dagmar!«

Und dieses Spiel lief auch am nächsten Tag.

Morgens Besichtigungen. Höflichkeit. Nette Worte. War es hübsch gestern abend? Ja, sehr. Und bei dir? Ja, besonders.

Dann ein gemeinsamer Kaffee. Ein doppeltes Eis. Ein Konversations-Apéritif.

Und abends Rolls-Royce mit Chauffeur! Ich habe ihn mit eigenen Augen gesehen. Ein grüner Rolls-Royce. Fahrplanmäßig. Auf Wiedersehen bis morgen früh!

Bis es mir zu bunt wurde.

Mein Interesse war geschwunden. Total! Fuhr sie doch, wohin sie wollte! Zu wem sie wollte! Zu was sie wollte! Mir war es egal. Piepegal. Der Ofen war aus.

Am nächsten Tag bestellte ich mir ein Taxi. Ecke Rue Pierre Curie-Rue d'Ulm. Und wartete, bis der grüne Rolls-Royce seine Fracht abholte. Dann nahm ich die Verfolgung auf.

Boulevard Montparnasse. Ein kurzes Stück Rue de Sèvres. Boulevard Garibaldi. Hinein in die Rue Frémicourt. Kerzengerade einen Kilometer entlang der Avenue Emile Zola. Auf dem Pont Mirabeau über die Seine. Und über den Quai Kennedy hinweg. Ein Stück Rue de Remusat. Einbiegen in die Rue d'Auteuil. Rechts in den Boulevard Suchet. Und dann die zweite, nein, die dritte Straße links.

»Bitte halten Sie hier.«

Der Taxifahrer bremste und sah mich fragend an.

Ich bedeutete ihm, Geduld zu haben, kauerte mich in das Polster und beobachtete.

Hier begann der Bois de Boulogne. Endlose Parkanlage. Dazwischen kleine Wälder und künstliche Seen. Durchzogen von breiten Autostraßen. Auf der einen Seite die Pferderennbahn Auteuil, auf der anderen Longchamp.

Der Rolls-Royce verschwand durch ein großes Eisengittertor. Dahinter Park. Nur Park und Wohlstand. Das Tor wurde geschlossen. Aus. Meine Rolle als Detektiv war zu Ende. Ich hatte auch keine Lust mehr. Kam mir albern vor.

Ich wartete noch eine Weile.

Dann blinzelte ich zur Taxiuhr auf die Rechnung. Ich hätte nicht warten sollen. Rasch bezahlte ich den Fahrer, um die Uhr nicht noch länger zu strapazieren. Sonst hätte ich den Betrag aus Deutschland überweisen müssen. Meine Weihnachtsgratifikation.

So blieben mir wenigstens noch ein paar Francs für die restliche Zeit meines Pariser Aufenthalts. Für Softeis und ein belegtes Weißbrot pro Tag.

Ich ging zu dem großen Eisengitter und versuchte, mich zu orientieren. Park, nichts wie Park. Es ging am Zaun entlang, ich kletterte über eine mannshohe Mauer, stand wieder vor einem Zaun. Am Ende dieses Zauns konnte ich das Haus erkennen. Hm, ein großes Haus. Mehr eine Villa. Ein Palais. Ein Schlößchen. Mit Auffahrt und Kandelaber und einem langgestreckten Balkon für Reden an das Volk.

Ich überstieg den zweiten Zaun. Er war wesentlich niedriger. Dann pirschte ich mich durch das Unterholz, nahm Deckung hinter breiten Buchen und schmalen Birken, machte einen kurzen Sprint über herrlich gepflegten englischen Rasen, einen Sprung neben eine Rosenhecke und horchte: Stimmen!

An einem Seitenflügel des Palais standen die Fenster weit offen. Ich duckte mich an die Wand und konnte die Stimmen unterscheiden. Zwei Stimmen. Die eine Stimme kam mir wahnsinnig bekannt vor. Dagmar! Justus, Justus, bei dir zittert bereits das Hirn! Es kann doch nur Dagmar sein! Ja natürlich, ich war anscheinend völlig außer Tritt.

Also die eine Stimme gehörte Dagmar. Aber die andere, die klang, als würde man Sand durch ein Sieb schütten. Reibeisen. Rauh. Sechzig Zigaretten pro Tag. Das konnte nur die Stimme des Geliebten sein. Playboy. Nur Trinken und Rauchen. Und Frauen. Scheußliches Leben. Den Kerl muß ich sehen!

Ich kletterte auf den Ast eines Ahornbaums, reckte und streckte mich, um einen Zipfel des Zimmers zu erhaschen. Vorsichtig, Justus, nicht wippen, so kräftig ist ein Ahorn nicht.

Ja, und dann sah ich Dagmar. Sie wirkte locker und gelöst. Heiter und froh. Aufgedreht wie ein Brummkreisel. Sie alberte mit ihren Kleidungsstücken herum, daß es eine Lust war, ihr zuzusehen. Alberte? Junge, Junge, du hast vielleicht eine Phantasie! Sie alberte nicht, sie zog sich aus! Schlicht und einfach. Zuerst die Schuhe. Dann die Strümpfe. Dann den Rock. Die Bluse. Aha, nicht schlecht, der Brustansatz. Weiche Schultern trotz der sportlichen Figur. Dann den Büstenhalter. Vorsicht, Justus, so kräftig ist ein Ahorn nicht.

Hm, ihre Bräune zog sich tatsächlich über den ganzen Oberkörper. Hübscher Anblick. Und nun? Was kam nun? Wie weit wollte sie dieses Spiel mit mir treiben? Hatte sie überhaupt kein Schamgefühl? Sich vor einem fremden Mann lachend auszuziehen?! Fremd? Wer sagt, daß ihr der Kerl fremd war? Vielleicht ihr Verlobter? Ihr Mann?

Nun aber Schluß mit der Hintertreppe! Verlobter! Mann! Und dann durch einen Waschmittelwettbewerb nach Paris? Junge, man geniert sich ja deiner Gedankengänge.

Dagmar ließ auch die letzte Konsequenz fallen, war vielleicht ein wenig zu kräftig um die Hüften, und schlüpfte in einen Bademantel. Blau mit weißem Kragen. Ein Genuß. Auch der Bademantel. Dann rauschte sie ab. Irgendwohin.

Aber die Schau ging weiter. Freizügig bis zu den Zehenspitzen. Ästhetik hoch zehn. Kulturell wertvoll. Justus, so eine geballte Ladung an Anatomie zeigt nicht mal das Bildungsprogramm beim dritten Fernsehen!

Zuerst hörte ich wieder die Stimme. Von dem anderen. Der mit Reißnägeln gegurgelt hatte. Er sang die Marseillaise. Schon besser vernommen. Und dann trat er ins Rampenlicht. Als Überraschung des Abends. Man sollte es nicht für möglich halten! Oder stets mit wirklich allem rechnen. Auch mit Wundern. Denn es war eine Sie. Ohne Zweifel eine ausgewachsene Sie. Ungefähr zwanzig. Langbeinig wie ein Reh. Schmale Hüften. Schlanker Oberkörper. Lustiges Gesicht mit rotblonden Fransen vor den Wimpern. Von hier aus gesehen eine Stupsnase. Hm, und einen Mund, der die Umgebung einzusaugen schien. Und doch weich, unendlich weich wirkte. Vom Ahorn aus.

Eine Drehung nach links. Danke schön, Mademoiselle. Und jetzt eine nach rechts. Justus, was willst du mehr?

Ein Naturschauspiel ohnegleichen. Die rauhe Stimme hatte einen weißen Körper, der sich ansah, als ob er nach Milchreis röche. Und ein Grübchen über dem Popo. Vorsicht Justus, der Ahorn!

Ich wußte nicht, ob ich träumte, achtunddreißigneun Temperatur hatte oder auf dem Baum eines fremden Parks in einem fremden Vorort von Paris stand. Das Sitzen hatte ich längst aufgegeben. Die rauhe Stimme tanzte durch das Zimmer. Walzer. Schwanensee. Freude. Ausgelassenheit. Wohin sollte das führen? Ouvertüre? Auftakt? Aktschluß? Liebesspiel? Hm, langsam, Justus, langsam mit irgendwelchen Kombinationen! Denk daran, man muß bei den Frauen mit allem rechnen! Eben. Warum sollten sie sich nicht lieben? Natürlich nur so zum Spaß. Für einen Abend. Oder eine Woche. Eine Woche? Na ja, solange Dagmar keine Zeit für dich hat. Solange sie in Paris bleibt, verstehst du immer noch nicht?

Ja, ja, ich verstand schon. Es wollte nur nicht in mein Hirn. Ich weigerte mich. Ich kniete mich auf den Nebenast, bemüht um eine andere Perspektive und sah Dagmar in einer der hohen Türen stehen. Angezogen zum Ausgehen. Hose, Pullover. Und Schultertasche.

Verwirrend. Bar jeglicher Dramaturgie. Nein, nein, meine Damen, so darf man mit ehrlichen Stehplatzbesuchern nicht verfahren! Um einen bißchen organischen Ablauf der Handlung möchte wir schon bitten. Sonst zweifeln wir ja an unserem Kunstverstand!

Dagmar verstaute irgend etwas in Schubladen, Wäsche oder ähnliches, zündete sich eine Zigarette an, setzte sich in einen Sessel. Aha, sie wartete.

Dann kam die langbeinige Rauhstimme zurück. Ebenfalls in Hose, Pulli. Nur keine Schultertasche, sondern ein Halstuch, lose um die Schultern geworfen. Sie löschte das Licht, und beide verließen das Zimmer.

Tempo, Justus, sonst verpaßt du sie am Eingang! Wieso? Will ich sie erreichen? Nicht direkt erreichen, nur verfolgen. Verfolgen? Ja, damit du dir Gewißheit verschaffen kannst.

Also 'runter vom Baum, langsam, vorsichtig, du bist nicht der Sportlichste!

Jetzt noch ein Sprung und dann, der Knöchel? Nein, alles intakt. Weiter über den Zaun, über die Mauer, entlang des Eisengitters. Achtung, da kommen sie! Ich duckte mich in die Dunkelheit und ließ den Damen den Vortritt.

Metro. Ich blieb im Schatten der Menschenmassen. Am ›Odéon‹ wurde ausgestiegen. Ich immer schön mit Abstand hinterher.

Na, wo gedachten sich die Damen zu verlustieren? Es gab sicher bestimmte Kneipen für Mädchen, die sich liebten? Wo sie unter ihresgleichen blieben?

Wir steuerten mitten hinein nach Saint Germain de Prés. Die Damen kannten den Weg.

Das Lokal hieß schlicht ›Souterrain‹. Ein Schuppen ziemlichen Ausmaßes. Der Qualm ersetzte die Dekoration. Lange Bretter als Mobiliar. Eine Diskothek plärrte, daß die Mauern vibrierten. Die Bretter lagen über Fässern oder Holzblöcken als Tische. Und über umgestülpte Eimer und ähnliches Zeug als Bänke.

Die Bude war voll. Die Luft rationiert. Der Freiheit waren keine Grenzen gesetzt. Sie lagen auf dem Fußboden, kauerten in Wandnischen, tanzten auf einer Art von Theke.

Die rauhe Stimme mit den langen Beinen hielt Dagmar an der Hand und zog sie durchs Lokal. Bis in die große Nische, wo der Lärm am intensivsten war. Und dort wurden sie empfangen wie Fürstinnen, wie Stars, wie die Anführerinnen einer großen Bande. Mit Gejohle, Gepfeife, Gekreische, mit Küssen und Klapsen auf die Schulter. Eine Gesellschaft der Lebensfreude. Junge Burschen, hübsche Mädchen, weiße, dunkle, vielleicht Schweden, Franzosen, Engländer oder Amerikaner.

Ich quetschte mich auf eine Bank zwischen zwei Pärchen, genau in Blickrichtung zu Dagmar. Nein, das war wirklich kein Nest für weibliche Liebespaare, Justus, wo hattest du nur deine Menschenkenntnis? Hier blühte die Liebe organisch. Auf freier Wildbahn vielleicht, aber ganz und gar natürlich. L'amour naturel. Nicht vom Treibhaus. Und Dagmar und die Langbeinige waren Mädchen mit kerzengeraden Gedanken. Sie freuten sich wie Schneekönige. Vielleicht hatten sie Grund? Geburtstag? Die Eltern verreist? Der Freund endlich abgesprungen?

Ich reckte mich, rief laut nach Rotwein, pfiff auf den Fingern nach der Bedienung. Dagmar nahm mich nicht wahr. Ich erhob mich, immerhin einsfünfundachtzig, setzte mich, erhob mich von neuem, winkte einem imaginären Bekannten zu. Nichts. Keine Reaktion von Fräulein Meier.

Ich bat meinen Nachbarn, mir meinen Platz freizuhalten, ging an die Theke, holte mir Wein, ruderte durch das Gewoge zurück. Da spürte ich, daß sie mich entdeckt hatte. Auch der Rauhstimme schien aufgefallen zu sein, wie Dagmar zusammenzuckte. Sie tuschelten miteinander. Fragen von der einen Seite, Zögern von der anderen. Das Zögern Dagmars behielt die Oberhand. Die Mädchen wandten sich wieder interessanteren Objekten zu.

Hatte sie mich verleugnet? Abgestritten, daß wir gute, alte Bekannte sind? Im selben Hotel wohnen? Zusammen nach Paris kamen?

»Na, was ist?« sagte eine Stimme nahe meinem Ohr. Die Frage galt offensichtlich mir. Keine Störung bitte, mein Herr! Herr? Wieso Herr? Die Stimme klang, als ob Sand durch ein Sieb geschüttet wurde. Die Langbeinige! Die Stupsnase mit dem weichen Mund! Das Reh mit Fransen!

Sie zupfte am Ärmel.

»Na, was ist?«

Bevor ich überhaupt einigermaßen schalten konnte, zog sie mich aus der Bank und begann mit dem Rhythmus. Nicht wild oder exzentrisch. Schmiegsam im Zeitlupentempo. Gott sei Dank! Aufreizend schmiegsam. Leicht wie eine Feder. Eng an mir wie eine zweite Haut.

Ihr Kopf lehnte an meiner Brust. Ihre Arme schlangen sich um meinen Hals. Sie nahm von mir Besitz, als wäre es das Selbstverständlichste dieser Welt, das zu tun, wonach der Sinn stand. Bewunderungswürdig. Beneidenswert.

Sie hatte es wahrhaftig geschafft, uns aus dem großen Trubel herauszudirigieren. Wir tanzten jetzt in einer Ecke des Lokals, wo ein Wort nicht unbedingt im Getöse untergehen mußte. Wenn man nahe genug am Ohr des anderen sprach.

»Wer bist du, mein Kind?« fragte ich.

»Ich bin das Kind armer, aber ehrbarer Eltern«, hauchte sie in mein Ohr und stellte sich zu diesem Zweck auf ihre Zehen.

»Hast du auch einen Namen?«

»Ja«, hauchte sie, »rate mal.«

»Florence?«

»Nein.«

»Agnès? Geneviève?«

»Kalt, eiskalt.«

»Oder Colombine? Mignon?«

»Leider nicht.«

»Wie wäre es mit Jacqueline? Judith?«

»Warm, sehr warm. Fast heiß.«

»Dann sag es mir, bevor ich mich völlig verausgabe.«

»Julie. Schlicht und ergreifend Julie.«

»Paßt«, sagte ich, »deine armen, aber ehrbaren Eltern haben weitsichtig geplant.«

»Danke«, sagte sie und stellte sich wieder auf ihre Zehenspitzen. Diesmal nicht, um mir bei ihrer Rede gebührend nahe zu sein. Diesmal, um mir einen Kuß auf das linke Ohrläppchen zu hauchen. »Danke«, sagte sie noch mal, »das hast du sehr schön gesagt.«

Dann nahm sie mich bei der Hand und zog mich zu einer Art Bar. Man stand in Dreierreihe um eine halbrunde Theke, hinter der fünf oder sechs Mädchen Whisky und Pernod ausschenkten. Die Mädchen surrten wie die Bienen, um die Wünsche zu befriedigen. Gläser holen, eingießen, kassieren, Gläser waschen, neue Flaschen herbeischaffen und entkorken, Eiswürfel brechen, Sodawasser eingießen, alles ging ihnen flink von den Händen, kaum daß sie eine Sekunde Zeit fanden, ihre Haare zu ordnen oder einen hastigen Zug von einer Zigarette zu nehmen.

»Heute gibt es nur Whisky oder Pernod«, sagte Julie, »was trinken wir?«

»Zwei Pernod«, rief ich einem der Mädchen zu.

»Stimmt«, sagte Julie, »wir trinken Pernod. Wenig Wasser.«

»Wenig Wasser«, rief ich.

Wir wurden an die Seite gedrängt, und Julie lehnte jetzt mit dem Rücken zur Wand. Sie klappte ihr Visier von blaugetönten Wimpern hoch und sah mich kritisch an.

»Du hast intelligente Augen«, sagte sie.

Ich sagte nichts. Ich begutachtete sie ebenfalls.

»Und eine romantische Wildnis anstelle einer Frisur. Braun? Dunkel? Rötlich?« fragte sie.

Ich hob ohne Antwort die Schulter.

»Der Mund zeigt viel Phantasie und eine nicht zu geringe Portion Entschlossenheit.« Ich sagte immer noch nichts.

»Die Nase ist männlich, ausgesprochen männlich. Mein Hauslehrer hatte so eine Nase. Sie wäre ihm beinahe zum Verhängnis geworden.«

Ich sah sie fragend an.

»Um ein Haar hätte ich mich in ihn verliebt. Er spielte ein Dutzend Etüden von Chopin aus dem Gedächtnis. Du hast ja sogar ein Grübchen im Kinn!«

Der Pernod. Spärlich Wasser. Er duftete wie ein Feld von Anis.

»Hast du auch einen Namen?«

Julie hielt das Glas Pernod in der Hand, drehte es nach allen Seiten und betrachtete es wie ein Orakel.

»Ja«, sagte ich, »ich heiße Justus.«

»Justus? Wie lustig!« Sie schüttelte sich vor Lachen, daß der Pernod überschwappte, »ich werde dich Jus nennen.«

Sie sprach es französisch aus: Schü. Es gefiel mir nicht schlecht.

»Es sei dir gestattet, denn du trägst die hübschesten Sommersprossen, denen ich je begegnet bin«, sagte ich.

»Genug geflirtet!« Ihr Blick wurde ernst. »Ich kann mir sehr gut vorstellen, daß sich Dagmar in so ein Monstrum verliebte.«

»Hat sie?« fragte ich, und hatte das Gefühl, es klang reichlich albern.

»Ich kenne Dagmar lange genug. Sie ist ein Mädchen, wie man es selten findet. Du darfst dir auf ihre Zuneigung etwas einbilden.«

»Und außerdem hast du eine sinnliche Unterlippe«, sagte ich, um das Thema abzubiegen.

»Laß das. Wir wollen wieder zurück zur Meute.«

Sie drückte mir ihr Glas in die Hand, und ich reichte die Gläser über Köpfe hinweg zur Theke.

»Und eines über dem Popo«, sagte ich.

»Was?«

Julie drehte sich mir zu und versperrte mir den Weg. Sie schien unsicher. Ihre Unbekümmertheit war wie weggewischt.

»Na, ein Grübchen. Du hast ein sanftes, ein charmantes, ein anheimelndes Grübchen über dem Popo.«

Sie sah mich entgeistert an. Sprachlos. Verblüfft. So, als ob man ihr den Boden unter den Füßen weggezogen habe. Hilflos. Kleines Mädchen, das dem pythagoreischen Lehrsatz nicht zu folgen vermag.

Ich hatte Mitleid. Ich spielte mit dem Gedanken, ihr Hilfestellung zu geben. Nein, Justus, das machst du nicht! Kein Zauberkünstler zeigt zuerst das Kaninchen und dann den leeren Zylinder. Warum sollte sie nicht ein bißchen zappeln? Zappeln tut nicht weh und erhöht die Blutzirkulation.

Julie wußte noch immer nicht, wie sie diese Eröffnung aufnehmen sollte. Endlich entschloß sie sich zu einer Reaktion, die ich bemerkenswert fand. Sie zog mich am Ärmel und sagte:

»Komm!«

Nur »komm!«, sonst nichts. Keinen Kommentar, keine Frage. Sie sagte »komm!« und lotste mich durch Beine, Schultern, Knie, Arme und ab und zu vorbei an weichen, warmen Mädchenbrüsten in die Ecke, in der sich die Meute um Dagmar scharte.

»Das ist Jus!« stellte sie mich vor, »seid nett zu ihm, denn er ist euch allen überlegen. Nicht nur an Körperlänge.«

War es Zufall oder Absicht von Julie? Ich saß neben Dagmar. Sie bemerkte mich mit einem knappen »Hallo, wo kommst du denn her?« und wandte sich wieder den anderen zu. Ein Mädchen versuchte, zu demonstrieren, wie man auf Fingern pfiff. Es gelang ihr nicht. Großes Gelächter.

»Und das ist Claude«, sagte Julie zu mir. »Claude ist der einzige Junge, mit dem ich dich bekanntmachen muß. Die anderen machen das selbst. Claude ist zu schüchtern.«

Wieder großes Gelächter. Claude, der mir schräg gegenüber saß, blieb ernst und nickte mir zu. Ein blasser, schmalgesichtiger Knabe mit vollem, langem Haar bis in den Nacken.

»Bist du zufällig hier? Wie hast du das Lokal gefunden? Wieso bist du allein?«

Dagmar schoß eine geballte Ladung von Fragen ab, auf die ich nicht vorbereitet war.

Eine hübsche Geschichte, Justus, erzähle ihr eine deiner anerkannt guten Geschichten! Nur nicht die Wahrheit, die würde ein Mädchen wie Dagmar sicher als »eifersüchtige Nachstellung« auffassen.

»Ja, ich bin allein hier«, sagte ich nach einer kurzen Schaltpause, »auf der Suche nach einem Bekannten.«

»Ah, du hast Bekannte in Paris.« Eine Feststellung. Sachlich. Ohne Anteilnahme.

»Einen Freund aus München. Mertens. Seit einigen Tagen verschwunden. Unauffindbar. Verschollen.«

»Verschollen? Hier im ›Souterrain‹?« Endlich Interesse, wenn auch auf Sparflamme.

Ich zuckte die Achseln. »Es deutet alles auf diesen Schuppen hin.«

»Ich wußte gar nicht, daß du dich als Detektiv betätigst?« Offen, ehrlich gefragt, ohne das geringste Lauern in der Stimme.

»Die Großmutter von Mertens lebt in Paris. Französin. Sie hat ihn schon mehrmals zu sich eingeladen. Aus diesen Erzählungen kenne ich das ›Souterrain‹. Nun hat er sie wieder einmal besucht. Vor zwei Wochen. Seitdem ist er verschwunden. Ich wollte ihn bei der alten Dame erreichen. Sie ist völlig außer sich.«

»Hat sie sich denn noch nicht an die Polizei gewandt?«

Jetzt hatte der Funke gezündet! Das Interesse loderte hell auf. Dagmar bemühte sich nicht mehr, ihre Neugier zu unterdrücken.

»Hat sie«, sagte ich und wußte, daß ich auf die Bremse treten mußte. »Ohne Erfolg. Aber vielleicht ist er nur mal kurz untergetaucht. Oder längst wieder in München. Oder bei irgendeinem Flirt an der Riviera. Der macht die tollsten Dinge. Frei und unabhängig. Wenn es dem einfällt, fährt er von einer Stunde zur anderen nach Casablanca, nur weil dort Wasserskimeisterschaften stattfinden.«

»Hm«, überlegte Dagmar, »aber er hätte doch vielleicht geschrieben?«

»Wem?«

»Der Großmutter.«

»Ha!« Ich lachte. »Da kennst du aber den Mertens schlecht. Der hat in seinem ganzen Leben noch nie etwas anderes geschrieben als seinen Namen auf Schecks.«

»Na ja, wenn du meinst.« Kleinlaut. Bescheiden. Zurückhaltend.

»Lassen wir den Mertens!« gab ich mich leutselig, »trinken wir lieber auf den Rothemund! Und auf unser zufälliges Zusammentreffen.«

Ich erhob mein Glas, leerte es mit einem Zug, fühlte mich plötzlich sauwohl und wurde übermütig.

»Wie wär's?« fragte ich zu Dagmar hin und deutete auf die sogenannte Tanzfläche.

Ich hatte mit allem gerechnet, nur nicht mit ihrer spontanen Begeisterung.

»Warum nicht?« sagte sie und war bereits unter dem Tisch hindurch.

Hm, Justus, da hast du offensichtlich einen Fehler begangen. Du bist zwar kein absoluter Nichttänzer, aber über ein Geschiebe und Getapse geht deine Kunst nicht hinaus. Du tanzt zum Beschnuppern. Zum Sichkennenlernen. Zum Vergnügen. Und nicht um...

Sie schleuderte mich durch die Luft, daß mir Hören und Sehen verging. Mit einer Gewalt wie ein Überdruckventil. Mit Wegstoßen und Heranziehen. Mit Drehungen und Verrenkungen. Mit Arme über den Kopf, durch die Beine, hinter den Rücken und diesen Scherzen. Auf Tempo. Wild wie ein Steppenhengst. Intensiv wie ein Bohrhammer. Bis zur Selbstaufgabe.

Ich schien in eine Explosion geraten zu sein. Mein Hirn signalisierte Blutleere, mein Magen totale Ernüchterung. Das Ende erlebte ich wie im Taumel und fand schließlich erst wieder in den Armen eines fremden, männlichen Wesens zu mir.

Dagmar befreite mich aus der Umklammerung und schleppte mich an unseren Tisch zurück.

»Das war für das hübsche Märchen von einem Herrn Mertens«, sagte sie leise, und es huschte dabei tatsächlich ein kleines, spöttisches Lächeln über ihr Gesicht.

Dann wandte sie sich einem anderen Jungen zu.

Irgendwie saß auf einmal Julie an meiner Seite.

Ich mußte mein Ansehen als Tänzer wieder geradebiegen, dessen war ich mir bewußt. Ich holte tief Luft, sammelte meine Kräfte und fragte Julie mit einer Kopfbewegung, ob jetzt sie Lust hätte.

Und Julie hatte. Sie hüpfte über die Bank, schlang ihre Arme um meinen Nacken, legte ihren Haarschopf an meine Brust und kitzelte meine Knie mit den ihren. Wir tanzten. Oder taten zumindest so. Gemächlich. Ohne Überschlag. Ohne Wegstoßen und Auffangen. Wir tanzten und schwiegen uns gegenseitig etwas vor.

Bis Julie Luft holen mußte. Da sagte sie: »Was sich liebt, das neckt sich.« Sie sagte es deutsch.

Sie bezog es auf Dagmar und mich. Sie hatte meine Demütigung als Meister des Rhythmus beobachtet. Und scharfsinnig kombiniert.

Scharfsinnig? Oder nur ironisch? Was soll's, ihre Haut roch tatsächlich nach Milchreis. Und ihre Bewegungen waren weich und harmonisch.

Woher konnte sie so gut Deutsch? Und woher kannte sie Dagmar?

»Dagmar kenne ich schon einige Jahre. Ihre Eltern und meine lernten sich in Südfrankreich auf einem Campingplatz kennen.«

»Und deinen Eltern gehört das Palais?«

»Welches Palais?«

»Das in Auteuil.«

»Nein. Sie sind nur die Hausverwalter, oder wie sagt ihr, die Hausmeister?«

»Deine Eltern sind nur die Hausmeister?« Die Freude über diese Erklärung mußte sich an meinem Ausdruck ablesen lassen.

»Meine Eltern sind für die Heizung zuständig, für die

Autos, für den Garten und den Kleinkram. Und Dagmar wohnt zur Zeit bei uns. Aber das weißt du ja.«

Ich tat so, als ob ich es wüßte und ließ mir die Überraschung nicht anmerken.

»Dann sind vielleicht Dagmars Eltern ebenfalls Hausmeister?«

»Wieso?« Julie zeigte Verblüffung.

»Na ja«, sagte ich, »weil sich die Paare auf einem Campingplatz kennenlernten.«

Wir lachten beide.

»Und warum wohnt sie bei euch?« fragte ich nach einer Schweigeminute.

»Dumme Frage!«

Sie hatte recht, die Frage war nicht eben geistreich. Dagmar wohnte bei ihr, weil sie Jugendfreundinnen waren, weil sie schon im Sandkastenalter gemeinsam Kuchen backten und ›verkaufen‹ spielten. Weil Dagmar die Bude von Julie dem Hotel ›Zur britischen Seefahrt‹ vorzog. Weil sie den Preis von ABA nur benutzte, um ihre Freundin zu besuchen, das ist sonnenklar. Der ABA-Wettbewerb! Schafranek und seine Mannschaft! Was interessierte daran ein junges Mädchen, wie Julie zur Freundin hatte, im ›Souterrain‹ Stammgast war und sich in dieser Umgebung wohlfühlte?

Das Geheimnis um Dagmar war gelöst, Herr Sherlock Holmes! Die Mission war abgeschlossen, du darfst dich empfehlen.

»Wollen wir noch zu Plimm?« hauchte Julie in mein Ohr. Es klang nach Verschwörung. Nach verbotenem Hintereingang.

»Was ist Plimm?«

»Plimm ist ein chinesischer Koch«, erklärte Julie, »nein, nicht der aus dem bekannten Witz. Ein Koch, der ein Spezialrezept von seinem Großonkel geerbt hat. Ein Rezept, das nur er kennt. Schmeckt nach Feigen und Kokos und wie ein Sonnenaufgang in der Tundra.«

Als wir bei Plimm einbrachen, verabschiedeten sich die letzten Gäste.

»Sieben, acht, neun ... elfmal ›Plimms‹«, zählte einer unserer Meute die Bestellung an den Köpfen ab.

›Plimms‹ hießt die Spezialität des Hauses. Gebacken ähnlich wie Pizza, nur mit dünnerem Boden aus purem Ei, mit Morcheln, Glasnudeln, Hühnerfleisch, Bambus, chinesischen Geheimnissen und einer enorm scharfen Sauce, die den Rachen pinselte, als sollte er gegen jede Art von Halsschmerzen immunisiert werden.

Dazu trank man einen Roten, der ohne weiteres auch als Salatessig seine Verwendung hätte finden können. Prost! Beim ersten Schluck schüttelte es mich noch, beim zweiten gewöhnte ich mich daran und ab dem dritten redete ich mir ein, ich tränke ihn als Medizin.

Julie legte ihre Arme um uns. Um Dagmar und mich. Wir stützten uns zu dritt auf das baufällige Geländer der Terrasse und sahen über die Dächer hinweg auf die Stadt, die unter uns lag.

Wir erkannten deutlich die Silhouette der »Madeleine« und wie ein Bleistift gegen den Himmel den Obelisken auf dem Place de la Concorde. Alles andere verlor sich im Dunst der ständig wechselnden Lichtquellen.

»Gibt es eine schönere Stadt als diese?« fragte Julie. »Wer in dieser Stadt nicht zu sich selbst findet, dem ist nicht zu helfen.«

Sie sagte es, ohne den Blick von dem Gewirr der Lichter zu wenden, und sprach trotzdem zu Dagmar. »Hier muß man ja innerlich frei werden, ob man will oder nicht. Diese Stadt ist als Therapie für verklemmte Mädchen wie geschaffen. Hier werden sie kuriert, auch wenn sie sich noch so dagegen sträuben.«

»Ich sträube mich nicht dagegen. Das siehst du falsch!« Dagmar sagte es hastig, ärgerlich und drehte uns den Rücken zu.

»Dann würde ich mich an deiner Stelle zuerst einmal dazu bekennen, daß ich mit einer Reisegesellschaft unterwegs bin. Und diese Tatsache nicht ständig umschreiben oder sogar ableugnen«, sagte Julie und sah immer noch auf die Stadt hinunter. Sie sprach eindringlich wie zu einer Kranken, aber es wirkte wie ein Angriff.

»Tut sie das?« sagte ich, es sollte versöhnlich klingen.

»Sie schämt sich. Ihretwegen. Für eure Gruppe. Für ihren Entschluß, überhaupt mitgemacht zu haben«, sagte Julie zu mir und beugte sich dann zu Dagmar, »auch für Jus?«

Ich wollte die Zündschnur entschärfen: »Man reist in einer Gruppe, aber man ist nicht mit ihr verheiratet.«

»Das verstehst du nicht, Jus.«

Julie gab sich unbefangen. Es war auf Dagmar gemünzt.

»Nein, das kannst du auch nicht verstehen«, sagte Dagmar, hart, kühl und trat ein paar Schritte zur Seite, »Julie legt es darauf an, mich zu demütigen!«

Julie schwieg, stützte sich mit beiden Händen auf das Geländer und ließ sich die Nachtluft um die Nase wehen. Dann schien sie einen Entschluß gefaßt zu haben. Sie trat zu Dagmar, hakte sich bei ihr unter, zwang sie, uns in die Augen zu sehen und redete behutsam auf sie ein.

»Mädchen«, sagte sie, »sei nicht so störrisch. Ich meine es doch gut. In deinem Sinne. Steh mehr zu deinen Gefühlen als zur Erziehung deiner Eltern. Nur auf das eigene Gefühl kommt es an, glaube mir. Den Verstand kann man trainieren. Dem Gefühl muß man freien Lauf lassen.«

Dagmar nickte stumm.

Ich glaubte, dabei ein Schlucken zu vernehmen, so als ob sie eine kleine Träne unterdrücke.

Julie beugte sich zu Dagmar und drückte ihr einen Kuß auf die Stirn.

»So«, sagte sie daraufhin sachlich und drehte sich zu mir, »jetzt du! Jetzt gebt ihr euch einen Versöhnungskuß. Meinetwegen auch zur Verlobung. Darauf soll es nicht ankommen.«

Dagmar und ich reagierten nicht.

Da nahm Julie unsere beiden Köpfe und stieß sie zusammen. Irgendwie berührten sich unsere Lippen flüchtig.

»Habt ihr Hemmungen, weil wir zu dritt sind?« fragte Julie und lachte. »Soll vielleicht eine echte Freundin von dem Genuß einer Liebe ausgeschlossen bleiben? Ihr seid mir die richtigen Steinzeitmenschen! Los, küßt euch, aber richtig! Und dann besiegeln wir unsere Freundschaft.«

Sie gab mir einen Stoß, daß ich gar nicht anders konnte, als Dagmar zu umarmen. Ich hielt ihren Kopf und öffnete mit meinem Mund den ihren. Erst als Julie mir auf die Schulter tippte, gab ich Dagmar frei.

»Und jetzt wir«, sagte Julie und sah mich an.

Ich wußte nicht recht, ob ich sollte. Würde es Dagmar kränken? Nahm sie es nicht falsch auf? Julie ließ mir keine Zeit zu derart läppischen Überlegungen. Ihr Gesicht näherte sich meinem.

Da wollte ich sie küssen wie Dagmar. Doch sie gestattete nur einen Freundschaftskuß. Auf weichen, warmen Lippen.

Ja, und dann küßte Julie den Mund Dagmars. Unsere Freundschaft war besiegelt.

»Und nun kümmert sich der liebe Jus um die Rechnung und wir uns um ein Taxi«, sagte Julie und erhob sich.

Ich ging zu Plimm, kramte meine Francs aus der Hosentasche und wurde von den Mädchen bereits im Taxi erwartet.

Das Taxi hielt vor der »Britischen Seefahrt«.

Ich verabschiedete mich durch Schulterklopfen.

Da beugte sich zuerst Julie und dann Dagmar zu mir und küßte mich. Ausgiebig. Und voll Gefühl.

Ich stieg aus und winkte.

Julie kurbelte das Fenster herunter: »Ach, Jus, beinahe hätte ich es vergessen. Heute abend gebe ich eine Fete. Wir freuen uns auf dich!«

Im Bett war ich innerhalb von fünf Minuten und in einem brauchbaren Schlummer, nachdem ich mich auf die Seite gedreht hatte.

Ich erwachte gegen halb zehn, dehnte mich genüßlich und verspürte keine gesteigerte Lust, jetzt Schafraneks Charme zu begegnen. Mit einer Schraubbewegung angelte ich mir vor der Tür das Tablett mit Kaffee und Croissants, ohne daß meine Zehen dabei den Fußboden berühren mußten, telefonierte Monsieur Fortune meine Absage für Schafraneks Besichtigungspläne durch, stellte mir das Tablett auf die Bettdecke und begann mit dem Frühstück.

Ich beschloß, mich heute nur kurz zu erheben, um in einem Geschäft nebenan einen Zeichenblock, schwarze Tusche und eine passende Feder zu erstehen. Dann hatte ich noch sechs Francs. Gerade genug, um den Tag im Bett zu verbringen und mich schlummernd auf Julies Fete vorzubereiten.

6. Kapitel

Cordhose. Pullover. Leichte Latschen. Wenn ich zu einer Fete geladen bin, weiß ich, was sich gehört. Eine Fete entsteht meistens aus den Pfändern leerer Flaschen. Manchmal auch aus der guten Laune des Gastgebers. Und ab und zu sogar auf Grund eines besonderen Ereignisses. Wiederzulassung des gesperrten Telefons, neue Freundin oder Durchfall beim Examen.

Zu einer Fete bringt jeder Gast etwas mit. Eine halbe Flasche Eierlikör. Bier. Oder den neuesten Tratsch der Umgebung.

Aber was konnte ich mitbringen? Von sechs Francs abzüglich der Metro hin und zurück bleiben vier. Phantastisch gerechnet, mein Junge, und für vier Francs gibt es zum Beispiel in dem kleinen Laden gegenüber einen Fingerhut voll Wodka. Oder auf dem Boulevard eine glutrote, langstielige Rose.

Ich entschied mich für die Rose. Drei Francs. Hatte ich noch einen Franc übrig. Ein Krösus!

Im Gewirr der Metrogänge hörte ich ihn schon von weitem. Er spielte die Liebeserklärung an Paris. Auf Harmonika. Der Musiker, an dem ich nie vorübergehen konnte, ohne ihm nicht ein paar Francs in den Hut zu werfen. Das Dröhnen und Gestöhne der Harmonien kam immer näher. Als der Gang einen Bogen machte, sah ich ihn. Er saß auf seinem Stammplatz am Steinboden unter der überdimensionalen Plakatfront für Zahnpastareklame.

Ich griff in die Tasche und legte meinen letzten Franc in den Hut.

Die Straßen rund herum waren mit parkenden Autos verstopft. Citroen-Kaulquappen, kleine Renaults, vereinzelte M.G.s.

Das hohe, eiserne Tor stand einladend offen. Die Musik

tauchte das ganze Viertel in eine laute Wolke von Rhythmen, Blech und Saxophonen. Der Park war hell erleuchtet. Scheinwerfer. Lampions.

Der erste Knabe, der mir entgegenkam, trug Smoking. Korrekt mit weißem Hemd und schwarzer Fliege. Der nächste ebenfalls. Die Mädchen Sommerkleider. Elegant mit Perlenketten.

Ich ging noch mal zurück bis zum Tor. Falsche Adresse? Anderes Fest? Ausgeschlossen, durch dieses eiserne Monstrum von Eingang entschwand der grüne Rolls-Royce! Ich orientierte mich durch den Briefkasten an der Ecke. Und durch die rote Mauer des Nachbargrundstücks.

Aber war dies eine Fete? Eine echte Fete, wie sie ein Schwabinger gewohnt ist? Kaum. Hier spielte sich eine Festivität ab. Eine Gartenparty. Ein konventionelles Herumgestehe. Mit Whiskyglas in der einen Hand, die andere in der Hosentasche.

Ein Rempler gegen mein Kreuz. Zwei Arme auf meinen Schultern. Ein prüfender Blick. Dann Wiedersehensfreude, als hätte mich mein Banknachbar aus der Volksschule getroffen.

»Hallo, alter Freund! Komm mit, wir machen eine Fete!«

Robert war mit Anhang erschienen. Schätzungsweise ein Dutzend Fröhlicher. Mit »Skol«, der gutmütigen Schwedin, und dem Mädchen mit der ewigen Trauer im Gesicht.

»Komm!« zerrte er mich, »einer mehr oder weniger fällt bei Julie nicht auf!«

Man kannte sich also. Wie angenehm. Ganz Paris scheint sich zu kennen. Zumindest der Teil, der zusammenpaßt.

Die Garderobe der Meute entsprach der persönlichen Eigenart des einzelnen. Einer im Smoking, der andere in Leinenhose, Sandalen und offenem Hemd, die Mädchen in Fähnchen, manche nicht größer als ein Taschentuch, oder auch im Stil der zwanziger Jahre, Röcke bis aufs Pflaster. Ich hielt meine Rose hoch und schritt zum zweitenmal durch die Pforte. Erst allmählich übersah ich die Ausmaße des Parks. Gut und gern so an die, na, jedenfalls einige Meterchen.

Wem wollte ich sie überreichen, die Langstielige? Dagmar? Julie? Hm, ein schwieriges Unterfangen bei zwei Francs zu wenig. Sonst hätte es zwei dieser Dinger ergeben, für jede eine. Hm, am besten übergebe ich sie der, die ich zuerst sehe. Und wenn sie beide gleichzeitig vor dir stehen, was dann, meine Junge?

Das Problem löste sich von selbst. Ich geriet in eine Horde Wilder, Gemeinschaftstanz oder wie man das nennt. Ehe ich schaltete, war die Rose verschwunden. Zwischen den Füßen der Entfesselten. Zertrampelt. Und vor mir stand Julie.

In einem kurzen, gestickten Silbernen. Weite Maschen und nichts darunter als den Duft der eigenen Haut. Die Fransen als Visier, die Sommersprossen als Sommersprossen und die Stimme noch rauchiger als ein Fuhrknecht.

Als Gastgeberin hat man kaum Zeit für den einzelnen, das weiß ich. Der Ausschank der Spirituosen, die Musik, das ganze Drumherum.

»Ein schwungvolles Fest für ein Töchterlein braver Hausmeisterseltern«, sagte ich. Es war das, was mich momentan bewegte. Womit ich mich beschäftigte. Was mein Hirn nicht verarbeiten wollte.

»Frag nicht, mein schlechtes Gewissen, stürze dich in die Fluten der Ausgelassenheit. Meine Eltern und die Besitzer dieses bezaubernden Königreichs sind verreist. Gemeinsam. Bei einer solch günstigen Gelegenheit muß man nicht fragen, sondern feiern!«

Ein Hauch ihrer Lippen gegen meine Wange, und sie verschwand in der Dunkelheit.

Ah, so lagen die Dinge! Der Chef ist nicht da, das Büro wird illuminiert. Jubel, Trubel, Gartenfest. Stimmung, Freunde, ehe der Morgen graut! Ich war bereit, mein Bestes zu geben.

Mit einem Sprung, Augen zu, Ohren angelegt, stürzte ich mich ins Getümmel. Ergriff eine rassige Schwarze, slawischer Typ. »Los, mein Engel, die Bar ruft nach uns!«

»Gibt es denn hier auch eine Bar?«

Sie lispelte. Sie stieß mit der Zunge an. Minimal, aber entzückend. Es erhöhte die Wirkung ihrer erotischen Ausstrahlung.

»Ich bin Jus«, sagte ich, »und du?«

»Meine Freunde nennen mich Surprise.«

Originell. Äußerst originell. Surprise, die Überraschung. Hoffentlich macht sie ihrem Namen Ehre. Ich wünschte es Herrn Rothemund.

Vorläufig überraschte sie mich mit einem ungewöhnlichen Wunsch an der Bartheke.

»Gibt's auch Milchmix?« lispelte sie.

Das Mädchen, das die Getränke betreute, bekam einen Lachanfall. Nahm Surprise von der komischen Seite. Meine Lisplerin aber weigerte sich, als Clown zu gelten. Sie wollte Milchmix. Todernst.

»Nein, mein Kind, hier gibt es keinen Milchmix. Hier gibt es auch keine Flips oder Martinis. Wir sind nämlich weder in einer Eisdiele noch in einem Etablissement, sondern auf dem Sommerfest einer einsamen Tochter! Kannst du mir folgen, meine kleine Surprise?«

Sie konnte. Nach geraumer Zeit erst, aber sie konnte. Sie wußte nur nicht, was sie trinken sollte, wenn es keinen Milchmix gab.

»Trink doch Whisky mit Cognac, Surprise«, rief ein Knabe aus der Dunkelheit.

Surprise strahlte. Sie hatte die Stimme erkannt!

»Einmal'n doppelten Whisky mit Cognac. Mit'm doppelten«, bestellte sie, und ihre zweite Überraschung war perfekt.

Die Theke bestand aus einem Brett, das mit einem Ende auf dem Fenstersims, mit dem anderen auf dem Haupt einer steinernen Parkfigur lag. Man drängte und schob nicht weniger als im »Souterrain«.

Claude, der blasse Jüngling, der Draufgänger bei Autokarambolagen, wurde an meine Seite geschwemmt. »Hallo!« Wir grüßten uns, er kannte Surprise, lobte ihren trefflichen Geschmack bei der Getränkebestellung.

Surprise spreizte ihren kleinen Finger in die laue Abendluft, nahm das Glas und schüttelte es kräftig. Logisch, der Whisky mußte sich mit dem Cognac vereinen. Ob ich sie aufklären sollte? Whisky mit Cognac! Das haut den stärksten Eskimo von der Eisbahn! Darf ich das zulassen?

Sie nahm mir die Entscheidung ab. Mit einem einzigen Schluck. Mit einem Kipp. Das Glas war leer. Sie stellte es auf die Theke und lispelte:

»Noch mal das gleiche.«

Es war, als hätte in einem Zirkus der Trommelwirbel den Todessalto angekündigt. Ohne Netz. Stille. Absolute Stille. Die Zuschauer hielten den Atem an.

Gleich mußte er kommen, der Salto. Der Whisky mit Cognac. Die Bewegungen von Surprise wurden mit Ehrfurcht verfolgt. Wie sie das volle Glas in Empfang nahm, wie sie den kleinen Finger absonderte. Das Aufheben, Ansetzen und natürlich das Kippen.

Der Beifall nahm Formen an wie bei einem Konzert von Karajan. Jubel. Zurufe. Ermunterungen für ein drittes Experiment.

»Nein«, sagte Claude, »jeder Künstler braucht mal eine schöpferische Pause.«

Er stützte Surprise mit einer Hand, aber das Mädchen hielt sich tapfer. Erstaunlich. Kein Wanken, kein Weichen. Sie stand wie ein Denkmal. Nur der Kopf saß nicht unbedingt kerzengerade. Doch das war wohl ihre Eigenart.

Hm, und als ich sie fragte: »Willst du dich nicht ein bißchen ausruhen? Vielleicht auf dieser Wiese?« kam keine Antwort. Keine Reaktion. Nichts.

Nur nach einigen Minuten kippte sie. Zack. In sich zusammen. Ohne Voranmeldung. Ohne Trommelwirbel.

»Laß nur«, sagte Claude zu mir, »ich bringe sie nach Hause. Kenne die Adresse.«

Wir legten ihre Arme um unsere Schultern und schleppten das Bündel Surprise zum Wagen von Claude.

»Ist was passiert?« Ein Glockenspiel von Stimme. Zurückschleudern einer Haarsträhne. Dagmar.

»Nein«, erklärte ich ihr, »nur ein Cognactrick, der danebenging. Claude spielt den Chauffeur.«

Sie ging neben mir den breiten Parkweg entlang. Stumm. Gute Laune oder Depression? Was darf es denn diesmal sein, Fräulein Meier?

Justus, mit Ironie kommst du hier nicht weiter. Ironie hat sie auch nicht verdient. Du mußt auf sie eingehen. Sie bei der Hand nehmen und beschützen. Vor den kleinen Wehwehchen. Vor den dummen Gedanken an ihre verkorkste Erziehung.

»Surprise«, sagte ich.

Dagmar sah mich fragend an.

»Überraschung, meine ich. Ich finde das Fest eine wirklich gelungene Überraschung.« Gerede, Gerede.

»Ja«, sagte sie. Dann wieder mehrere Schritte nichts.

Ich nahm sie bei der Hand. Sie ließ es geschehen. Zog sie in die Schatten der Nacht. Unter eine Buche, deren unterste Äste sich breit ausdehnten. Ein Zelt.

»Eine ganz dumme Frage«, sagte ich.

»Ja?« Sie sah mich an. Gespannt. Konzentriert. Ihr bekannter Blick.

»Was bist du für ein Mensch?«

»Tatsächlich eine dumme Frage«, sagte sie.

Ich entwickelte ihr meine Gedanken, die sich mit ihrem verschiedenenartigen Verhalten beschäftigten. Sagte, daß mir der Nenner fehle für ihr Charakterbild. Und auch der Hintergrund. Sie schwieg.

»Wie alt bist du, Dagmar?«

»Dreiundzwanzig.«

»Hattest du schon mal einen Freund? Einen richtigen, meine ich? Mit allem Drum und Dran, Bett und so?«

Sie schwieg. Ich konnte sie beim Denken beobachten. Nein, sie hatte noch keinen. Ihre Natur stand ihr im Weg. Vielleicht hatte es sich auch noch nie ergeben. Sie genierte sich. Ihre Nasenspitze verriet es.

»Nein«, sagte sie, »der Richtige kam noch nicht.« Sie lehnte sich an den Stamm.

Ich setzte mich zu ihr. »Hm, bei einem so hübschen Mädchen? In der heutigen Zeit? Eigenartig.«

»Vielleicht. Ich kann nicht aus meiner Haut heraus. Der Richtige soll kein Übergang sein, sondern Endgültiges.«

»Schwer. Sehr schwer, mein Mädchen. Wie will man das vorher wissen? Vor dem Bett sieht immer alles rosig aus. Den schalen Geschmack kriegt man meistens nachher. Aus. Ich glaube, die Stunde nachher ist die entscheidende.«

»Das mag stimmen. Aber ich müßte zumindest spüren, daß der andere zu mir paßt. Oder ich zu ihm. Nicht nur, hm, im Bett.«

»Heutzutage gibt es kaum noch eine Jungfrau über neunzehn. Das muß doch einen Grund haben, meinst du nicht?«

»Die Oberflächlichkeit«, sagte sie und sah in den Nacht-himmel.

»Nein. Man mißt der Sache nicht mehr die große Bedeu-tung bei. Sie gilt nicht mehr als der große seelische Wende-punkt im Leben einer Frau. Nur als körperlicher Vorgang.«

»Mag sein. Mag alles sein. Aber ich bin nun mal wie ich bin. Schlimm?«

Sie stellte die Frage wie ein Kind. Unbefangen und arglos. Sie hätte dafür einen Kuß verdient.

Dann nahm sie meine Hand. Vorsichtig. Wie ein Wild, das auf die Lichtung tritt. Sie tastete sich von Finger zu Finger. In Zeitlupe. Dann zog sie meine Hand zu sich hinüber. Auf ihre Knie. Dann legte sie ihre Hand auf meine. Behut-sam, als könnte etwas zerbrechen. Ein zarter Druck, Frage und Antwort zugleich.

Ihr Knie fühlte sich warm an. Wie Samt in der Sonne. Etwas fremd noch, aber vielleicht gerade deshalb von eigen-artigem Reiz.

Es war, wie wenn ein Pferd hinter der Startbox tänzelte. Und auf das Zeichen wartete. Achtung, fertig ...!

Sie wartete. Ihrer Meinung nach hatte sie sich sicher schon viel zu weit vorgewagt. Sie wartete, daß ich irgendeine Re-gung zeigen würde. Oder die Initiative übernahm.

Den ersten Tropfen spürte ich auf meiner Nase. Sekunden später prasselte der Regen, als ob man Eimer auf uns schüt-tete. Blitze erhellten den Park wie eine Szenerie von Hitch-cock. Und die Paukenschläge des Donners erinnerten an Beethoven. Im Nu stand das Wasser knöchelhoch auf den Wegen, und der Rasen war nur noch eine einzige, riesige Pfütze.

Die Meute rannte, drängte, flüchtete. Hinein ins Haus! Den Wein und die Zigaretten in Sicherheit! Lachen, Schreien, Johlen. Ein großartiger Regieeinfall! Endlich mal was an-deres! Das Fest bekam den zweiten Wind. Den großen Auf-trieb. Man wurde durcheinandergeschüttelt, die Karten neu gemischt.

Die Zimmer wurden gestürmt, als gelte es eine Festung zu erobern. Das Eßzimmer, das Kaminzimmer, der Winter-garten, die Bibliothek. Selbstverständlich auch die Küche, die Vorratskammer und der kleine Raum, in dem das Piano stand.

Den Mittelpunkt bildete die Halle mit ihren wuchtigen Säulen und ihren tiefen, weichen Sesseln und Sofas. Bißchen altmodisch, aber für diese Party gut genug. Kontraste sind das halbe Leben. Gegensätze kurbeln an.

»Schiebt mir mal das Piano vor den Bauch!« schrie ein kleiner, feuriger Südländer. Marseille oder Sizilien. »Ich will die Tasten vom Staube befreien!«

Das Piano bahnte sich seinen Weg. Über Teppiche, elektrische Schnüre, durch ein Arrangement tropischer Pflanzen. Der schwere Samtvorhang diente als schwingendes Trapez. Wein wurde nur noch aus Silberpokalen getrunken, mit Aufschriften wie »Dem Ersten Vorstand des Reit- und Fahrclubs Limoges« oder »Großer Preis des Golfturniers von Brüssel«. Die Sitzecken fungierten als Liebeslauben, allerdings ohne Abschirmung. Offen und übersichtlich wurde die Orgie serviert.

Als die Mulattin das Piano betanzte und nach und nach ihre Hüllen abstreifte, bis lediglich Milchschokolade mit Nuß übrigblieb, war das Gewitter noch keine halbe Stunde alt.

Doch die schokoladene Ekstase bildete beileibe kein Crescendo, ach woher, nur den matten Auftakt für das kommende Geschehen.

Das Mädchen Skol bot jedem, der es wissen wollte, für den Zug an einer Zigarette einen Kuß auf die freundlich dargebotenen Knospen ihrer Brüste. Zwei Mannequins oder zumindest Mädchen mit solchen Figuren zeigten, wie eng man gemeinsam den Tango beherrscht, wenn die Textilien nicht mehr störend wirken. Die Balustrade des ersten Stockwerks entpuppte sich als höchster Punkt der Niagarafälle, die als Attraktion ihres hundertjährigen Jubiläums nicht Wasser, sondern Cognac ins Tal regnen ließen. Wie der Erfinder dieses Phänomens, ein Amerikaner, mitteilte.

Ich wurde am Ärmel gezogen, ganz hübsch dringlich in den Rücken gepufft und durch die nächste Tür gestoßen.

Ein Raum in Grün. Grasgrün der Teppich, resedagrün die Tapete, russischgrün die Fensterstöcke und Türen. Und das Mädchen vor mir in apfelgrüner Hose, weißem Rüschenhemd und leicht angegrüntem Ausdruck im Gesicht. Julie.

»Du hast dich umgezogen?« eine meiner ganz dummen Fragen. Ich machte sie wett mit: »Na ja, es hat geregnet.« Geistreich, Justus, geistreich, ich drücke dir die Hand, mein Junge!

»Entschuldige, wenn ich deinen Höhenflug stoppe«, sagte Julie, und sie sagte es ohne die geringste Schwankung in der Stimme, »ich brauche deine Hilfe.«

»Meine Hilfe?«

»Bist du betrunken?«

»Aber wieso, wo denken Sie hin, wo denkst du her?!«

»Dann nicht«, sagte sie, »dann muß ich die Sache eben selbst in die Hand nehmen.«

»Ich bin nicht betrunken, man wird sich doch noch einen Versprecher leisten dürfen.«

»Schon gut. Amüsiere dich weiter. Ich werde schon fertig mit der Sache.«

Dieses Ansinnen ging gegen meine Ehre. Das konnte ich unmöglich gestatten. Ich kannte zwar die Sache nicht. Aber was zu weit geht, geht zu weit. Ich war nicht betrunken. Mag sein, leicht animiert, durch das Gewitter und den großzügigen Striptease. Aber betrunken? Nie und nimmer!

»Nie und nimmer!« sagte ich. Langsam und deutlich jede Silbe betonend. »Welche Sache?«

»Dagmar kamen zweitausend Francs abhanden. Ihr Zimmer war unverschlossen. Wir haben ja nicht mit dem Gewitter gerechnet.«

Zweitausend Francs? Nein, nein, mit dem Gewitter hat bestimmt niemand gerechnet. Aber warum mußte man deswegen gleich stehlen? Sagte Julie nicht »gestohlen«? Zweitausend Francs? Woher hatte das Mädel soviel Scheinchen?

»Also bis später«, sagte Julie.

Sie wandte sich zur Tür. Zur grünen.

»Halt, Moment mal, Mädchen!« Ich war auf der Stelle hellwach und glasklar. »Gib dem Jungen einen starken Mokka oder einen Sack voll Eiswürfel für die Stirn, und er wird das Ding schon schaukeln.«

»Hm?« Sie überlegte. »Meinst du, dein Zustand bessert sich so grundlegend?«

»Das meine ich nicht nur, das weiß ich.« Ich sprach bereits rasch, fehlerfrei und flüssig. Konzentration! Wie bei den klitzekleinen »Wes« und »Bes« im Zeichensaal. In Konzentration macht mir keiner etwas vor.

»Gut«, sagte sie, »komm mit in die Küche.«

Im Kühlschrank kühlte das Mädchen mit der ewigen Trauer um die Wimpern ihre heißgetanzten Zehen. Auf dem Fußboden lagerten mehrere honorige Leute und spielten mit Tomaten Boule. Im Liegen. Und ein kulturbeflissener Intellektueller saß vor der Geschirrspülmaschine und wartete auf den Beginn des Fernsehprogramms.

Wir stiegen über Beine, Köpfe und etliche Teller und erreichten ohne größere Komplikationen den Gasherd und die Büchse mit dem Nescafé.

»Und wann hat Dagmar es bemerkt?« begann ich meine kriminalistischen Nachforschungen.

»Kurz bevor ich dich traf. Sie wollte sich nur rasch ein frisches Taschentuch holen. Die Kommode stand offen.«

»Ein frisches Taschentuch? Warum denn das?«

»Aber Jus, das spielt doch wirklich keine Rolle. Vielleicht wollte sie auch ihre Schuhe wechseln, ich weiß nicht.«

»Ihre Schuhe?«

»Oder sich die Hände waschen oder sich frisieren, nun stell dich nicht so dumm, wie du sein könntest! Bei deiner Länge.«

Ich griff mir ans Kinn. Räusperte mich. Blickte bedeutend.

»Hm! Und hast du schon irgendeinen Verdacht?«

»Nicht die Spur. Wir müssen uns auf den Zufall verlassen.« Sie flüsterte mir ins Ohr, daß es mich kitzelte. »Du mischst dich unters Volk und stellst deine Antenne auf Empfang. Wenn wir Glück haben, schnappst du irgendeinen Hinweis auf.«

Eine ausgezeichnete Idee. Raffiniert, Justus, äußerst raffiniert, gib es zu! Du wirfst dich einfach unters Gemenge und horchst, was dir der Dieb zu sagen hat. Grandios! Könnte von Agatha Christie sein.

Der Kaffee war bereitet, ich trank drei Tassen. Genußvoll und in hoffnungsfroher Erwartung. Dann begann ich meinen Marsch ins Ungewisse. Zurück über Leiber, Besen und den Boule-Club. An der Tür verhielt ich kurz, um meine Zielrichtung festzulegen.

Julie blieb neben mir und hauchte ihre weichen Lippen auf meine Wange. Zum Abschied an die Front.

»Du findest mich vor der Tür zum Schreibzimmer.«

»In Ordnung«, sagte ich, »vor dem Schreibzimmer. Vor welchem Schreibzimmer?«

»Das grüne. In dem ich mit dir sprach.«

»Ah, das grüne! Fabelhaft.« Sie wollte verschwinden, doch ich erwischte gerade noch ihre Hand. »Moment mal, Mädchen, bevor ich als Detektiv meinem Schicksal ausgeliefert werde: Mein erstes Verhör gilt dir. Was sagen wohl deine Eltern und die Besitzer dieser Sumpfhöhle, wenn sie aus ihrem Urlaub erscheinen?«

Julie tänzelte von einem Fuß auf den anderen.

»Hm«, machte sie, »die Aufräumungsarbeiten beginnen bei Sonnenaufgang.«

Soviel Glück sollte einmal irgendeiner der anerkannten Detektive oder Kommissare haben! Sherlock Holmes, Monsieur Poirot, Phillip Marlowe! Selbst James Bond würde sich sämtliche Hacken schief laufen, um da zu landen, wo ich sozusagen mitten hineintrat.

Ich tippte dem Burschen diskret auf die Schulter und bat ihn ins Freie. Ich sagte ihm höflich, er möge so freundlich sein und die zweitausend Francs herausrücken, weil eine Weigerung unangenehme Folgen für ihn zeitigen könnte.

Er ließ seine Puppe los, »bin gleich wieder zurück« und folgte mir in den Park. Es hatte aufgehört, zu regnen.

Der Bursche schlug einen Schwinger, den außer mir auch sicherlich die meisten anderen Partyteilnehmer nicht erwartet hätten. Er schlug Haken in den Magen, an die Brust, vor die Augen, gerade ans Kinn und auch sogenannte Uppercuts oder wie die Dinger hießen. Man konnte ihm eine gewisse Fertigkeit im Faustkampf nicht absprechen. Ein Profi. Während sich meine sportlichen Erfolge bekanntlich mehr auf einen halbwegs annehmbaren Skat beschränken. Abgesehen von den Bocksprüngen in der Schule.

Na, ich werde dich schon irgendwie zu fassen kriegen, mein Jüngelchen! Komm mir nur erst da vorn in die Pfütze! Als Schlammkämpfer bin ich nämlich gefürchtet. Mein Schwitzkasten war berühmt!

Außerdem habe ich die Mädchen zu verteidigen. Von den zweitausend Piepen gar nicht zu reden. Na, na, na, wer wird denn mit derart versteckten Schlägen operieren?! Moment mal, hat sich mein Unterkiefer ausgerenkt oder nur der Halswirbel leicht verbogen? Wie kann ein schöner, englisch geschnittener Rasen nur so glitschig sein? Oh, das war Tiefschlag! Und die Sterne! Die sind auf einmal so groß!

Wenn Claude nicht erschienen wäre, hätte ich den Rest der Nacht vielleicht im Garten verbracht. Mit der Nase im Grünen. Claude drosch dem Burschen schlicht eins über den Hinterkopf, und die Vorstellung war beendet.

Wir wurden gefeiert wie Helden und gaben dadurch dem Fest einen weiteren Akzent.

Dagmar hatte ihr Geld wieder. Sie dankte es mir mit einem Blick aus ihrer tiefsten Tiefe. Julie übernahm die Siegerehrung.

Sie hielt die Schlüssel zum Weinkeller in der Hand und führte die Polonäse an. Guter, alter Champagner, das Beste vom Besten, gurgelte durch unsere Kehlen. Bei den ersten Flaschen bemühten wir uns noch, sie sorgfältig zu öffnen, Stanniolpapier, Korken. Die restlichen wurden nur noch geköpft. Am Türpfosten.

Dagmar rechts im Arm und Julie links, so ließ sich der Morgen erwarten! Dagmar küßte von Mal zu Mal ungezwungener, zuvorkommender, Julie hingegen blieb auf Distanz. Sie verwirrte mich mit ihrer Stimme, mit dem Flaum ihrer Haut, mit ihren unendlich weichen Bewegungen und mit ihren Augen.

»Kommt«, sagte sie zu uns beiden, »wir wollen in mein Zimmer gehen.«

Wir schoben uns gegenseitig die Kellertreppe hoch, und Julie dirigierte uns durch die Meute.

Sie öffnete Türen, schloß sie wieder hinter uns, führte uns durch lange, hohe Gänge, vorbei an einer Art Ahnengalerie, die meiner Ansicht nach spöttisch auf mich herunterzulächeln schien.

»Setzt euch bitte. Wenn es geht, möglichst nahe zusammen. Oder am besten gleich aufs Bett.« Julie sagte es wie ein Kommando.

Das Zimmer war hübsch, geräumig und roch typisch nach Jungmädchenbude. Eine Mischung aus Parfums, milchiger Haut und frischer Wäsche.

Julie wiederholte ihr Kommando. Wir aber reagierten nicht. Dagmar lehnte noch immer an der Tür, und ich saß auf der Fensterbank.

Julie ging zur Tür, führte Dagmar ans Bett. So wie man einen Kranken führt. Dagmar setzte sich. Dann kam Julie zu mir, nahm meine Hand, und ich saß neben Dagmar.

Julie schaltete eine milde Beleuchtung ein und kuschelte sich uns gegenüber in einen Sessel.

»Ich hoffe, ihr enttäuscht mich nicht«, sagte sie. Die Musik erreichte nur in Fetzen den abgelegenen Raum.

»An mir soll es nicht liegen«, sagte ich und hatte das Empfinden, es sprach nur meine Stimme, nicht ich. Und die wußte nicht, worum es ging.

Julie zeigte ein Zauberkunststück. Sie griff hinter sich und hielt eine Flasche Champagner in die Höhe. Mit einem Glas.

Korrekt wie ich nun einmal veranlagt bin, übernahm ich die Ausgabe des Getränks. Ich offerierte den ersten Schluck der Gastgeberin.

»Auf eure Liebe!« Julie leerte das Glas. »Macht es gut, ihr beiden! Und wenn ihr nicht wißt, was ich meine, will ich es euch kurz erklären.«

»Julie, hör auf damit. Du weißt, ich kann so etwas nicht vertragen«, sagte Dagmar. Sie wollte sich erheben. Ein sanfter Druck hielt sie zurück.

»Entschuldige, meine Liebe, ich fühle mich dazu verpflichtet«, sagte Julie und reichte Dagmar das Glas. Ich goß nach.

Dann erzählte sie, wie sie sich beide kennenlernten, während Dagmars Studium in Paris. Erzählte von verworrenen Anschauungen, von einer inneren Unselbständigkeit, von zu wenig Konsequenz beim Vertreten der eigenen Meinung, Charakterschwächen, für die ohne Frage Dagmars Eltern verantwortlich zu machen seien.

Wenn Dagmar auch nur den Ansatz eines eigenen Willens spüren ließ, wurde sie jedesmal von ihrem Vater zurückgepfiffen. Obwohl die Mutter auf ihrer Seite stand. Und das

Schlimmste: Sie folgte dem Pfiff. Bis heute, bis sie dreiundzwanzig war. Andere Mädchen hätten in diesem Alter längst einen Mann und zwei Kinder, oder einen Beruf, der sie ausfüllt, oder wenigstens ein Leben, das sie sich selbst gestalten. Was nützt das schönste Zimmer, wenn nicht eine Vase dem eigenen Geschmack, dem eigenen Willen entspricht? Man kann nicht ewig am Gängelband des Vaters tanzen. Auch wenn seine Absicht eine noch so lautere ist.

»Märchen«, sagte Dagmar, »ich tanze an keinem Gängelband. Ich bin nur mir selbst gegenüber verantwortlich.«

»Falsch, mein Kind. Wer stieß denn jeden Jungen, der dem gütigen Herrn Vater nicht zusagte, einfach vor den Kopf? Ließ ihn fallen wie eine heiße Kartoffel, auch wenn man ihn als angenehm empfand? Wer hatte nicht die Spur eines eigenen Willens, weil der Vater nicht nur die Umgebung, sondern auch die geistige Kost kontrollierte? Nein, Marquis de Sade durfte nicht gelesen werden, dafür ›Die Grundfesten des Kapitals‹. Gut, man kann über de Sade denken, wie man will. Aber wenn ich Karl May lesen will oder Doolittle, dann lese ich sie.«

»Ja, ja«, gab Dagmar zu, »du hast ja recht. Aber alles zu seiner Zeit. Wir geben eine Party.«

»Deswegen finde ich den Augenblick geeigneter als jeden anderen. Man muß Gelegenheiten beim Schopf fassen.«

»Tust du das immer?«

»Wir sprechen von dir, mein Kind. Und von deiner Liebe.« Damit wandte sich Julie an mich.

»Bitte, Julie! Laß das!« Dagmar wurde wütend wie ein junger Löwe, der in Dressur sollte.

Julie entließ sie aus dem Gespräch. Sie sprach jetzt nur noch zu mir.

»Ich kenne dich kaum vierundzwanzig Stunden, Jus, aber ich erlaube mir ein Urteil über dich. Du gehörst zu der Sorte von Männern, die einem Mädchen nur selten begegnet. Ich will nicht deine Eigenschaften hoch loben. Das wäre zu albern. Du bist lediglich ein Mann, der sich natürlich gibt. Völlig natürlich. Eine Rarität. Wenn so ein Mann zusätzlich nicht unbedingt auf den Kopf gefallen ist, eine einigermaßen gute Visage hat, Manieren im richtigen Augenblick einzusetzen weiß, und wenn man so einem Mann ein nicht unbeträchtliches Häuflein Sympathie entgegenbringt, das schon fast in Zuneigung ausartet, dann sollte man die Sache nicht zerdenken.«

»Und du?« sagte Dagmar zu Julie, »zerdenkst du nie etwas?«

»Nein«, sagte Julie, »ich zerfühle höchstens.«

Es war ein sonderbares Gespräch zu dieser Stunde. Ich schaffte kaum, meine Rollos vor den Pupillen offen zu halten. Meine Gedanken fuhren Karussell, und die dürftigste Konzentration bereitete körperliche Schmerzen. Ich sehnte mich nach einem Bett, am liebsten ohne Anstrengung, es sei denn die eines kleinen Liebesliedes.

Aber Julie war in ihrem Vortrag nicht aufzuhalten.

Was Dagmar fehlte, war die sogenannte große Liebe. Der man sich mit Haut und Haaren verschrieb, auch wenn ein Regiment von Vätern dagegen Partei ergriff. Eine Liebe, die einen zu sich selbst finden ließ, indem man zum anderen fand. Zu dem Menschen, nach dem man sich sehnte. Zu Worten, für die man nie den Mut aufbrachte. Zur Frisur, die man sich seit einer Ewigkeit wünschte.

Und Dagmar hatte diese Liebe gefunden. Keine Widerrede, sie hatte! Julie redete sich in Rage. Ich wurde nicht gehört. Meine Meinung interessierte nicht. Die hatte ich mit dem Einsatz meiner boxerischen Kenntnisse zur Genüge unter Beweis gestellt. Basta.

Na schön, es war mir ja jetzt alles klar über Dagmar. Und ich fand sie nicht weniger anziehend. Eine kleine Stenotypistin, die meine Hilfe brauchte. Vielleicht auch meine Liebe. Die sogar zurücklieben würde. Alles klar. Nur, meinte ich, man könnte schließlich auch zu einem Boxkampf gezwungen werden. Dann nämlich, wenn der Gegner zuerst zuschlägt. Dann reduzierte sich der Beweis auf Selbstverteidigung.

»Ich gehe jetzt und lasse euch allein. Die Verlobung wird morgen gefeiert.«

Ehe wir protestieren konnten, zog Julie die Tür hinter sich ins Schloß. Der Schlüssel sperrte. Mausefalle. Und ich war der Speck? Ich war unfähig, noch den spärlichsten Gedanken zu fassen.

»Bitte, Angeklagte, verteidigen Sie sich!«

Dagmar schüttelte den Kopf: »Da gibt es nichts zu verteidigen. Julie hat genau den Punkt getroffen. Sehr zart zwar, aber immerhin.«

Ich brachte meine Einsfünfundachtzig in die Waagrechte und machte es mir in den Kissen bequem. Glas auf den Nachttisch. So weit weg wie möglich. Ich konnte keinen Champagner mehr sehen. Und auch nicht riechen.

Ich versuchte den Streichholztrick. Für die Augenlider. Der Eindruck eines aufmerksamen Zuhörers war gegeben. »Schieß los«, sagte ich.

»Womit? Mit Striptease? Verführung? Oder Beichte meines Lebens?«

»Da fällt einem die Wahl schwer. Wie wäre es zuerst einmal mit einem Kuß?«

Sie legte sich neben mich. Ihre Lippen berührten meine Ohrläppchen, den Nacken, und was man eben alles berührt in so einer Situation.

»Denke nicht, es wäre nur die Situation«, sagte sie leise, bevor sich ihre Lippen den Weg zu meinem Mund bahnten.

»Mm-m«, machte ich. Es sollte verneinend klingen. Und dann machte ich nichts mehr. Ließ mich küssen. Hielt still und nahm ihre Lippen als Geschenk entgegen.

In einer Verschnaufpause sagte sie: »Mag sein, daß Julie erst den Anstoß geben mußte. Mag sein, daß ich nicht den Mut aufgebracht hätte. Und die Bereitschaft. Für dich und ein Schlafzimmer. Ohne Magenschmerzen als Grund, meine ich. Manche Dinge benötigen eben ein wenig Regie.«

Auf einmal hatte ich das unbestimmte Gefühl, die Maus zu sein. Ich weiß nicht warum, aber ich hatte es. Und die Falltüre würde sich langsam öffnen.

Bei einer Floßfahrt auf der Isar von Wolfratshausen nach München war es eine Weltreise. Melinde hieß das dunkelblonde Kind. Keine üble Figur. Ein früher Twen. Lachte mit der Nase. Ihr Vater hatte ihr eine Weltreise versprochen. Für einen Mann wie mich. Ich sprang damals ins Wasser und schwamm ans Ufer. Du denkst zu kompliziert, Justus!

Dagmar ist nicht mit deinen bisherigen Erfahrungen zu vergleichen. Sie ist offen, ehrlich, hat treue Augen und keinerlei Falltüren für dich bereit. Ihre Worte kannst du für Gold verpfänden. Sie sind stets einlösbar.

Und außerdem: Du liebst sie doch, oder? Was soll denn dieses blöde »oder«? Na, oder etwa überhaupt nicht? Erlaube mal, von »überhaupt nicht« bis »Liebe« sind doch wohl noch etliche Kilometer? Zugegeben, aber sie sind zurückzulegen. Man muß nur den ersten Schritt tun. Zum Beispiel jetzt.

»Du sagst ja gar nichts?«

Dagmar richtete sich auf. Ihre Hand suchte über mich hinweg den Champagner. Sie rutschte ab und lag mit ihrem Oberkörper auf mir. Regungslos. Zehn Sekunden, zwanzig. Nach etwa einer Minute umschlangen ihre Arme meinen Hals. Kein unangenehmes Gefühl, Justus!

Ein fernes Poltern. Ihre Schuhe fielen auf den Teppich. Ein Strecken und Dehnen, ihre Herztöne, die ich spürte, ein weiches Schleifen an meinem Kinn entlang, ein Tasten nach der Stehlampe. Sie hatte das milde Licht ausgeknipst. Wir lagen im Dunkeln.

Mit einemmal Helligkeit, daß man geblendet wurde. Helligkeit und eine offene Zimmertür. Und im Türrahmen ein fremder Jüngling. Im Smoking. Die Fliege auf Viertel nach zwölf. Die Haare über den Wimpern. Und sternhagelbesoffen.

»Sieh mal an«, lallte er und balancierte verdächtig nahe an uns vorüber, »sieh mal einer an, das deutsche Millionärstöchterlein hat sich auch einen eingefangen? In den goldenen Käfig.«

Dann drehte er noch eine Ehrenrunde und verschwand, ohne die Tür wieder zu schließen. Der Schlüssel steckte von außen im Schloß.

Stille. Sammeln. Moment mal, nichts überstürzen! Das deutsche Millionärstöchterlein? Eingefangen? Besoffene und Kinder sagen die Wahrheit! Langsam, Justus, langsam. Tief einatmen und die Gehirnzellen durchbluten.

Ich setzte mich hoch. Dann drehte ich mich und stand. Ging zum Champagner, genehmigte mir einen Schluck.

»Bitte, Justus, denke nichts Falsches.«

»Ich denke überhaupt nichts.«

»Ich habe dich belogen.«

»Ja, das denke ich. Und daß ich noch einen enormen Durst habe. Und tanzen möchte.«

»Werde nicht kindisch. Ich habe dich belogen, das kann doch schon einmal passieren, oder?«

Wieder dieses blöde »oder«! Oder was? Oder nicht?

Nun sei nicht hirnverbrannt, Junge, es war ein Scherz, ein dummer, kleiner Scherz, verstehst du? Sie gab sich als schlichte Sekretärin aus, und in Wirklichkeit hatte ihr Vater im Lotto gewonnen. Wer will das schon jedem gleich auf die Nase binden? Abgesehen davon hattest du ihr unmißverständlich zu verstehen gegeben, daß du auf goldene Käfige nicht nur pfeifst, sondern sie sogar haßt. War da diese Notlüge zu verdenken?

»Ich heiße nicht Meier«, sagte sie, »sondern Steuben.«

Steuben. Wie schön, es noch kurz vorher zu erfahren. Steuben? Sagte sie Steuben? Sie hätte genausogut Flick sagen können. Oder Krupp.

»Dagmar Steuben? Das einzige Kind vom alten Steuben?« Ich lachte. Wenn ich ehrlich sein soll, klang es ein wenig hysterisch.

»Nein«, sagte sie, »ich habe noch einen kleinen Bruder. Aus zweiter Ehe.«

Ein Brüderchen? Wie fein. Langsam lerne ich ja die ganze Familie kennen.

»Und vielleicht noch ein Schoßhündchen?«

»Nein, drei«, sagte sie.

Natürlich drei, welcher echte Steuben gibt sich schon mit einem Schoßhündchen zufrieden!

Und einen Chauffeur, ja? Mit grünem Rolls-Royce? Und zweitausend Francs Taschengeld? Pro Tag. Und eine Reise nach Paris? Diesmal anders. Fingiert, geklüngelt, abgesprochen mit der Waschmittelfirma, die vielleicht zum eigenen Konzern gehört? Eine Reise mit Schafranek und den Seinen, um endlich die lästige Jungfernschaft loszuwerden? Natürlich inkognito.

»Du spinnst. Justus, du spinnst«, sagte sie und stellte sich vor mich.

»Nein, bei mir hatte sich nur eine Glühbirne gelockert. Wackelkontakt. Jetzt sehe ich klar!« Ich sagte es und ging aus dem Zimmer. Ohne zu vergessen, die Tür zu schließen.

Nein, die Ahnengalerie grinste nicht nur spöttisch, sondern geradezu hämisch auf mich herab. Ich öffnete Türen, falsche, verlief mich im Labyrinth von Fluren, Zimmern und Treppen. Doch meinem schon mehrfach preisgekrönten Instinkt gelang es schließlich, die Haupthalle zu erreichen.

Leer. Verlassen. Das Fest war zu Ende. In einem der tiefen Sessel schlief der bullige Amerikaner, der Erfinder der Cognac-Niagarafälle. Flaschen standen, lagen auf dem Fußboden, im Arrangement der tropischen Pflanzen, neben, unter und auf dem Piano, in Sesseln, Papierkörben und den Silberpokalen, doch nicht eine auf den Tischen.

Stille. War ich der letzte? Wo war die Gastgeberin? Sollte ich sie suchen und ihr meine Meinung sagen? Über die gezinkten Karten und den doppelten Boden von zwei Mädchen, die den reifen, siebenundzwanzigjährigen Justus Rothemund für dumm verkaufen wollten?

Justus, gib es auf! Es hat keinen Sinn! Du bist müde, du mußt nach Hause. Auf der Stelle. Ja, ja, wie spät ist es denn? Vier Uhr! Vier Uhr? Da fährt keine Metro mehr! Taxi? Ohne Geld? Dann auf eigenen Füßen! Von Auteuil bis zur »Britischen Seefahrt«? Junge, du bist größenwahnsinnig! In deinem Zustand brauchst du dafür eineinhalb Tage. Also was dann?

Zuerst einmal 'raus aus dieser Burg. Ach, da lag ja auch noch die Kleine mit dem ewigen Trauerzustand um die Wimpern! He, aufstehn, das Examen ist abgeschlossen! Luft! Was das Mädchen braucht, ist frische Luft. Fenster auf, Türen auf, ein anständiger Durchzug ist nicht der schlechteste Zug. So, nun habe ich meine Schuldigkeit getan, au revoir! Und die besten Grüße an die Herren Papas! Es war eine rauschende Sache. Nur zu empfehlen. Guten Morgen!

7. Kapitel

Um halb acht wurde ich geweckt.

Zuerst bezog ich das Trommeln in meinen Traum ein. Pferdegetrappel. Ich ritt auf einem Schimmel durch die Wüste, und auf dem Rücksitz klammerte sich ein Weib an mich. Sie rief: »Schneller, mein Freund, damit sie uns nicht verfolgen können!« Ich legte den vierten Gang ein, und ab ging die Post. Das Trommeln wurde lauter und lauter und deutlicher. Immer deutlicher.

Ich habe weder erfahren, welche gemeinen Schufte uns verfolgten, noch wer das Weib war. Ich habe sie nicht einmal zu Gesicht bekommen. Sie saß ja hinter mir!

Der Trommler war jedenfalls Monsieur Fortune, der mich bereits einige Minuten für ein Telefonat interessieren wollte.

»Monsieur Rothemund! Monsieur Rothemund!«

Ich nahm Abschied von der Wüste, »un moment«, hievte meinen schwer geplagten Körper in Richtung Tür und öffnete einen Spalt.

Ein Telefonat für Monsieur Rothemund! Wer? — Ein Mann. Aus Düsseldorf. — Aus Düsseldorf? Unmöglich! — Doch, doch, bereits zum zweitenmal innerhalb einer Viertelstunde. Ferngespräch. — Wie heißt der Knabe? Steuben, Monsieur Rothemund. — Kenne ich nicht. Steuben? Sagten Sie Steuben? — Oui, Monsieur, Monsieur Steuben. — Dann ist er falsch verbunden, der will seine Tochter. — Nein, nein, er hat ausdrücklich Monsieur verlangt. — Mich? — Ja. — Ausgeschlossen! — Doch, doch Monsieur, darf ich das Gespräch jetzt durchstellen?

»Moment mal, Monsieur Fortune, ich kenne Monsieur Steuben nicht. Wie sollte er auf meinen Namen kommen?«

»Durch mich, Monsieur, entschuldigen Sie bitte.«

Monsieur Fortune dämpfte die Stimme wie bei einer Beichte. »Monsieur Steuben wollte zuerst Mademoiselle Meier. Aber Mademoiselle Meier schläft ja seit Tagen schon nicht mehr bei uns. Er wollte wissen, wo sie sich zur Zeit aufhält. Ich sagte ihm, das wüßte ich leider nicht. Höchstens Monsieur Rothemund. Verzeihung, Monsieur, aber ich nahm an, Sie seien ein, hm, guter Bekannter von Mademoiselle Meier.«

In der ersten Schrecksekunde wußte ich nicht, was ich sagen sollte. Ich verspürte auch keinerlei Neigung, meinen Denkapparat über Gebühr zu strapazieren.

»Sagen Sie Monsieur Steuben, er würde Mademoiselle bei Mademoiselle Julie, hm, sinnlos, ich weiß den Namen nicht. Sagen Sie ihm, ich weiß nichts von Mademoiselle Meier.«

»Sehr wohl, Monsieur, ich werde es ausrichten.«

Tür zu. Körper auf die andere Seite. Kopf ins Kissen. Zurück in die Wüste! Wo war das Weib? Und wo der Schimmel? Egal, wir schlafen auch ohne Statisten. Trommeln. Ah, das Pferd! Trommeln?

Körper zur Tür. Einen Spalt öffnen.

»Pardon, Monsieur. Aber Monsieur Steuben möchte unbedingt persönlich mit Ihnen sprechen. Darf ich das Gespräch zu Ihnen durchstellen?«

Ich schnappte nach Luft. Nach der stickigen Luft des Treppenhauses.

»Nein, Monsieur Fortune, das dürfen Sie nicht.«

Erstaunlich, wie ruhig ich blieb. »Sagen Sie Monsieur Steuben, er kann mich, ach was, sagen Sie ihm, ich hätte das Haus bereits verlassen.«

»Oui, Monsieur.«

Kopf ins Kissen. Ameisen im Hirn. Schlafen. Nix Wüste. Nix Schimmel. Nur schlafen. In der Ferne ein Leierkasten. Schlafen, ganz, ganz tief schlafen.

»Herr Rothemund!« Eine andere Stimme. Neu. Fremd. Fremd? Das ist Schafranek, der entzückende Paul-Erich.

»Was gibt's?« Diesmal wird nicht geöffnet, Justus, nicht der winzigste Spalt.

»Ich wollte nur fragen, ob Sie heute nicht mit uns kommen? Besichtigung von Versailles. Wir warten auf Sie.«

Besichtigung von Versailles? Hübsche Idee, Ludwig, der Sonnenkönig. Trianon.

»Tut mir schrecklich leid, Herr Schafranek, heute ist es mir leider unmöglich. Fühle mich nicht besonders. Grippe oder so.« Und ein ausgedehntes Röcheln hinterher. Als Beweis.

»Hoffentlich nichts Schlimmes, Herr Rothemund? Soll ich einen Arzt rufen lassen?«

»Nein danke, Herr Schafranek, ich möchte erst einmal abwarten.« Noch ein Röcheln.

»Wie Sie meinen. Wenn Sie einen Arzt brauchen, lassen Sie es mich wissen.«

Der Kerl schien Freude an morgendlicher Konversation zu haben. Ich schwieg.

»Herr Rothemund?«

»Ja?«

»Ich sagte, wenn Sie einen Arzt benötigen: Schafranek macht das.«

»Ja, ja, danke.« Schluß, sonst bin ich hellwach!

»Also bis morgen, Herr Rothemund!«

»Bis morgen, Herr Schafranek.«

Na endlich! Manche Leute vermögen Penetranz nicht von Hilfsbereitschaft zu unterscheiden.

»Und gute Besserung.«

»Danke.«

»Ich darf das wohl auch im Namen unserer Damen sagen.«

»Ja, ja. Besten Dank.«

Ich schnellte aus dem Bett, wankte ins Bad, suchte ein Papiertaschentuch, fand nur ein Stückchen alte Zeitung, im Koffer unter dem Bett, drehte mir zwei Kügelchen und stopfte sie mir in die Ohren.

Herrlich! Man hört noch genausoviel wie vorher! Justus, du bist ein technisches Genie.

Es war noch nicht ganz halb zehn, als das wesentlich zartere Klopfen einsetzte. Ich hatte inzwischen eine gewisse Übung, Traum und Wirklichkeit zu trennen und drehte mich sofort zur Tür.

»Wer ist da?«

»Ich bin's.«

Sand durch ein Sieb! Rostige Nägel in der Stimme. Julie. Was will denn Julie von mir? Mitten in der Nacht?

»Jus, ich muß dich sprechen. Unbedingt.«

»Das mag schon sein, meine Teuerste, ist aber leider völlig unmöglich. Ich liege im ersten Schlaf. Nackt bis zu den Zehen. Und neben mir drei Damen vom brasilianischen Nationalballett.«

»Können die Damen nicht für ein halbes Stündchen auf den Balkon treten?«

»Nichts zu machen!«

»Und warum nicht, mein Teuerster?«

»Das Zimmer hat keinen Balkon.«

»Also nichts zu machen?« Die rostigen Nägel vibrierten auf den Stimmbändern.

»Absolut nichts. Es sei denn, du willst warten, bis der Herr Architekt für dieses Zimmer einen Balkon spendiert?«

»Ich warte.«

»Wie du meinst.«

Keine Antwort. »Wie du meinst.« Lauter. Klarer. Verständlicher.

Nichts. Stille.

»Julie?« Sie spielte die »Stumme von Chaillot«! Quatsch, das Stück heißt »Die Irre von Chaillot«.

Egal, sie spielt die Stumme.

»Julie?«

Nichts. Keine Antwort. Kein Räuspern. Totale Funkstille.

Na, mir soll es recht sein. Auf ein neues Schnarcherchen! Kissen über den Kopf. Decke über das Kissen. Und weg war ich. Bis kurz vor eins. Da erwachte ich von selbst. Die Sonne kitzelte an der Nase. Der Magen meldete Appetit.

Mittagessen. Ein schönes saftiges Steak. Mit Pommes frites und grünem Salat. Dazu ein großes Helles. Justus, wird das ein Fest! Ein Fest? Mit null Franc?

Hm! Ich kratzte mich am Hinterkopf, um meine Intelligenzmühle auf Trab zu bringen. Hm!

Raus aus den Daunen. Kalte Dusche. Frische Socken, Zeichenmappe, Tusche, Feder, und hinein in den Alltag.

Am Ende des Boulevard Saint Michel stößt man auf die Seine. Und auf die Ile de la Cité, die Insel, die den Justizpalast und etliche andere Verwaltungsgebäude beherbergt und die Kirche von Notre-Dame.

Und an diesem Ufer der Seine drängen sich die vielen

kleinen offenen Verkaufsstände aus Holz, einer am anderen, die hauptsächlich für Touristen Kunstblätter feilbieten. Zeichnungen in Tusche, Aquarelle, Drucke aller Art, alte Stiche und daneben noch antiquarische Bilder, die ab und zu auch von den Studenten erstanden werden.

Die Preise sind nicht hoch. Für drei Francs einen alten Stich des Palais Royal, für vier oder fünf eine Originalzeichnung vom Café »Au vrai sancerre«, das an der gegenüberliegenden Straßenecke, am winzigen »Place de petit pont«, ein Treffpunkt der Studenten ist.

Dorthin war es von der »Britischen Seefahrt« kaum eine Viertelstunde zu Fuß.

Gewiß, ich hätte mir von Schafranek Geld leihen können oder von einer der Damen. Aber soweit ich zurückdenken konnte, mußte ich mir immer Geld verdienen und bekam nie welches geliehen. Das heißt, ich habe mich erst gar nicht darum bemüht, welches zu leihen. Eine altmodische Anschauung, zugegeben. Offenbar Reste meiner Erziehung.

So fehlte mir auch völlig der Sinn für Kredite, Ratenzahlungen und dergleichen. Mein Vater hatte mir schon als Bub eingeimpft, man könne nur so viele Bonbons kaufen, wie man Geld in der Tasche hatte. Ein Standpunkt, der mir das Leben nicht eben erleichterte.

Ich ging über die kleine Brücke auf die Insel und setzte mich auf den Platz vor Notre-Dame. Etwas seitlich an den Stamm einer der Linden, die in einer Reihe den Platz zur Seine hin begrenzten und flach wie Sonnenschirme geschnitten waren.

So verschob sich auch die Perspektive der Kirche zu einer reizvolleren Ansicht. Gedrungen, fast klobig sah ich sie vor mir. Die weltberühmte Rosette zwischen den beiden wie mit einem Messer gekappten Türmen.

Ich tauchte die Feder in die Tusche.

Wieso wollte eigentlich der alte Steuben heute morgen meine telefonische Bekanntschaft machen? Ausgerechnet meine? Und schon um halb acht? War Dagmar verschwunden? Weg? Abgehauen bei Julie?

Mensch, Justus, was gehn dich die Sorgen anderer Leute an! Sollen sie von zu Hause abhauen. Oder bleiben. Von Düsseldorf nach Paris telefonieren, bis die Drähte schmelzen. Was zwickt es dich, mein Junge?

Na ja, immerhin ein komisches Gefühl, wenn einen am unschuldigen Morgen bereits der große Herr Steuben persönlich zu sprechen wünscht. Ungefähr so, als ob der Herr Präsident von Frankreich die alte Frau Rothemund aufsucht und fragt: »Wissen Sie vielleicht, wo sich mein Außenminister herumtreibt?« Und meine Mutter antwortet: »Jetzt vor dem Frühstück schon gar nicht.«

Frühstück! Mensch, Justus, drück auf die Feder, dein Magen erwartet ein paar Geschenke. Wer ist schon so klug, mit der Geldbeschaffung erst anzufangen, wenn der Darm bereits Verzweiflung singt?

Fertig. Jeder Strich mehr würde die Eigenart des Meisters zerstören.

Hm, versprechen nicht zwei Pferde mehr Erfolg als eines? Sehr intelligent, Justus, wirklich umwerfend intelligent. Seit wann macht es denn in der Kunst die Masse? Oh, ich höre immer Kunst? Meintest du Kunst, mein Junge? Oder willst du die hingewischte Frechheit nicht möglichst rasch von einem Amerikaner als Souvenir für sein Wohnzimmer in Connecticut erstanden wissen? Wenn dieser freundliche Mensch aus Connecticut nun aber partout ein Stimmungsbild der Pariser Gegenwart über seine Kommode quetschen möchte? Einen Clochard vielleicht? Mit ein paar Hippies als Garnierung? Vor dem Café »Au vrai sancerre«?

Gut, setzen wir uns ins Café »Au vrai sancerre« und bringen drei, vier Typen auf das Papier.

Was du nicht sagst? Du setzt dich ins Café? Ohne Francs? Na schön, dann eben nicht. Dann setze ich mich unter die Buche vor dem Café. Wer wird denn so kleinlich sein?

Es wurde kein Clochard. Kein Gammler. Kein Hippie. Ja nicht einmal ein Student. Es wurde überhaupt kein Einheimischer.

Unglücklicherweise lief mir leider ein Amerikaner in die Schußlinie. Unser Mann aus Connecticut. Er stellte sich an die Straßenecke und versperrte mir die Aussicht. Er stand wie ein Denkmal. Ruhig, auf festem Sockel und innerlich gefestigt wie eine Tüte Zement. Er wartete vielleicht auf seine Frau, die sich beim Coiffeur aufforsten ließ. Oder ein Taxi, das im breiten Strom der Blechkisten zufällig ohne

Fahrgast war. Oder er wartete gar nicht, sondern hatte den sturen Blick schon seit der Kindheit?

Egal, jedenfalls verbaute er mir jeglichen Blickwinkel. Es sei denn, den Winkel auf ihn.

Er trug geschmackvolle, kanariengelbe Halbschuhe zu rot-weiß-lila geringelten Socken, die ihm bis zur Mitte der Wade reichten und besonders aparte Entenbeine zur Schau stellten. Die Shorts fühlten sich in den Kniekehlen zu Hause und hielten sich mit ihrem dezenten Muster der ständig wiederkehrenden olympischen Ringe wohltuend im Hintergrund. Als Besonderheit hing ihm das grüngestreifte Hemd nicht zur Gänze über die Hose, sondern nur auf der rückwärtigen Partie. Der Fotoapparat bildete den markanten Punkt des Bauches. Das Gesicht hatte Ähnlichkeit mit einem Baseballspieler, dem man versehentlich mehrere Male mit dem Schläger auf die Augenbrauen getippt hatte.

Der Clou jedoch war der höchste Punkt dieses Gentleman. Der Abschluß. Eine Verbeugung gegenüber dem Gastland. Denn auf dem Haupt wippte, etwas unsicher zwar, ein gerade erstandenes, schwarzes Béret. Flach wie ein Omelette surprise.

Surprise! Und das Mädchen mit dem traurigen Blick. Und Skol. Und Dagmar. Und Julie.

Warum wohl Julie heute morgen die »Britische Seefahrt« mobilisierte? Ist es nicht unwichtig? würde Julie sagen. Einen Grund wird sie schon gehabt haben für die Kilometerchen von Auteuil bis ins fünfte Stockwerk der Rue Pierre Curie.

Aber es interessiert mich nicht. Nicht mehr. Dieses Konto ist geschlossen. Jetzt bin ich wieder Herr meiner eigenen Entschlüsse. Ab jetzt werde ich anfangen, Paris zu genießen. Und die restlichen Tage meines Aufenthalts nicht mehr mit Problemen belasten.

Gibt es etwas Schöneres, etwas Berauschenderes als allein an der Seine zu sitzen? Allein in Paris? Allein! Endlich!

Ich schlängelte mich durch das Gewühl der Autos auf die andere Straßenseite und hielt dem nächstbesten Händler an den Verkaufsständen mein Angebot unter die Nase.

»Monsieur?« Er erhob sich von seinem Klappstühlchen.

»Einmal Notre-Dame und eine Type aus dem Land der unbegrenzten Möglichkeiten, wie wäre es damit?«

»Wollen Sie verkaufen, Monsieur?«

»Möglichst bar auf die Hand. Am liebsten sofort.«

»Leider kaufen wir nicht, Monsieur. Prinzipiell nicht. Wir nehmen nur in Kommission. Wieviel sollen die Blätter denn bringen?«

»Hm, nur in Kommission? Und wie lange kann das dauern? Ich meine, bis ich ein paar Scheinchen sehe?«

Seine rechte Hand strich sich über den Schnurrbart. Mit der anderen faßte er in seine Jackentasche, als ob sie dort Halt suche. Die Batterie, richtig! Er trug einen Hörapparat, dessen Batterie in der Jackentasche lag.

»Wieviel sollen die Blätter denn bringen?« Er wiederholte den Satz wie eine hängengebliebene Grammophonplatte.

»Zehn Francs für beide. Ist das zuviel?« sagte ich und überlegte, ob ich zwölf hätte verlangen sollen.

»Wieviel?« Er brachte seinen Hörapparat in Stellung.

»Elf für beide«, sagte ich.

»Elf? Soso? Na, ich will mal sehen.«

»Und wie lange wird das ungefähr dauern? Ich meine, bis das Geschäft abgeschlossen ist?«

»Wie lange? Ja, Monsieur, das kann man nie sagen. Manchmal will es der Zufall, und es kommt in der nächsten Stunde ein Interessent. Manchmal dauert es Wochen. Kommen Sie doch einfach in ein paar Tagen wieder vorbei, ja?« Er sagte es mit viel Güte in der Stimme.

»Hm, ich muß nur noch einige Korrekturen anbringen«, sagte ich und steckte die Blätter wieder in meine Mappe, »ich komme in den nächsten Tagen gern auf Ihr Angebot zurück. Au revoir, Monsieur.«

»Au revoir, Monsieur.« Er lächelte das Lächeln der ewig Glücklichen und setzte sich wieder auf sein Stühlchen, um auf Kundschaft zu warten.

Und nun, Justus? Nun hast du die Kirche »Unserer Lieben Frau« und einen äußerst modischen Amerikaner in Tusche, und weißt nicht, wohin damit.

Von irgendwo hörte ich meinen Namen rufen. Justus, du träumst! Halluzinationen. Es war das Knurren deines Magens. Quatsch! Ich habe es deutlich gehört. Da wieder! Jus! Von irgendwo ruft es »Jus«!

Julie! Es war Julie, die nicht nur rief, sondern auch mit den Armen ruderte wie eine niederländische Windmühle. Sie tänzelte durch die Autokolonne. Schwarze Samthose, grünes Männerhemd, offen bis zum Bauchnabel, die rotblonden Fransen über den Wimpern und gute Laune wie der sonnige Nachmittag.

»Na, hat es geklappt?« fragte sie. Ohne Begrüßung. Ohne nähere Erklärung. Einfach so.

»Was sollte geklappt haben?«

»Na, der Verkauf, Jus. Hast du deinen ›Amerikaner in Aspik‹ an den Mann gebracht? Für wieviel?«

»Moment mal«, sagte ich, »hat Radio Paris eine Sondermeldung durchgegeben? Oder hast du das zweite Gesicht? Wie kommst du eigentlich ausgerechnet hierher?«

»Aber Jus, du hast ein besonderes Geschick, Unwesentliches mit der lustigen Seite eines Tages zu vermischen. Ist es nicht egal, wieso ich hier bin? Ist es nicht wichtiger, daß ich dich getroffen habe?«

Peng, Justus, bei Julie kann man keine müde Konversation anbringen. Wachsamkeit, Schnelligkeit, Auffassungsgabe! Mobilisiere die Reserven deines Kleinhirns, wenn du nicht unter »Ferner liefen« landen möchtest.

»Amerikaner in Aspik sind momentan wenig gefragt«, sagte ich, »die Gemüsepreise sind zurückgegangen.«

»Habe ich es mir doch fast gedacht«, sagte sie, »aber ich fand den Gentleman nicht so furchtbar schlecht, daß er gleich das Zeitliche segnen müßte.«

»Was heißt, du fandest?«

»Ich habe dem Herrn Rembrandt über die Schultern geschaut. Wie sagt man bei euch? Gekiebitzt, stimmt es?«

»Wie? Du hast? Und ich habe das gar nicht gemerkt?«

»Oh, ich habe nicht allein. Die öffentliche Vorführung deiner Arbeitsweise konnte sich über regen Besuch nicht beklagen. Aber der Meister ließ sich davon nicht beeindrucken. Er zeichnete darauf los, als ob es um ein warmes Mittagessen ginge.«

Warmes Mittagessen? Hatte Julie tatsächlich das zweite Gesicht? Oder wußte sie mehr, als ich annahm? War unser Zusammentreffen inszeniert? Oder doch nur Zufall?

»Hat der Herr Künstler im Augenblick noch weitere Motive im Visier? Oder ist es ihm möglich, sein Schaffen kurz zu unterbrechen? Für einen Kaffee im ›vrai sancerre‹?«

Kaffee? Sollte ich Julie reinen Wein einschenken? Sollte ich ihr wirklich sagen, es tut mir leid, mein Mädchen, so gern ich möchte, aber aus einem Kaffee wird nichts, dank der Totalpleite deines Herrn Kavaliers? Es sei denn, du übernimmst die Unkosten?

»Ich meine es nicht als Aufforderung, sondern bitte dich, es als Einladung zu nehmen.« Es klang direkt formell. Aus dem Mund von Julie fast fremd. Ungewöhnlich.

»Na schön«, sagte ich, »wenn auch ein Sandwich dazugehört?«

Wir saßen mitten im Gewühl der Mädchen und Jungen, zwischen Zeitungen, Kofferradios, Kaffees, Apéritifs, Liebespaaren und Gruppen, die diskutierten, als gelte es, von hier aus den Untergang des Abendlandes abzuwehren.

Die Tische des Cafés »Au vrai sancerre« standen im Freien bis an den Rand des Quai Saint Michel, der um diese Tageszeit vollgestopft war mit Autos, die nur schrittweise vorankamen.

Die Abgase der Auspuffe legten sich als grauer Schleier über den Frühlingstag. Julie bestellte zwei Kaffee und zwei Sandwiches. Das ihre biß sie nur an und schob es dann mir zu. Ich aß es bis zur Papierserviette.

»Ein Mann ohne Appetit ist kein Mann«, sagte Julie.

»Mag sein«, mampfte ich, »Tante Hedwig sagte immer, wer viel ißt, dem bleibt weniger Zeit für die Arbeit.«

Wir bombardierten uns abwechselnd mit noch mehreren derartigen Geistesblitzen, und dann kam Julie allmählich auf das zu sprechen, was sie hierher getrieben hatte.

»Zwei Stunden habe ich noch vor deinem Hotel gewartet. In dem Bistro gegenüber. Zwei Apéritifs zu je zweifünfzig. Macht fünf Francs.«

»Schreibe sie auf meine Rechnung«, sagte ich und trank voll Genuß den Rest Kaffee.

»Zwei Stunden, aber der hohe Herr pflegten der Ruhe.«

»Kunststück, wenn man schon mitten in der Nacht vom alten Steuben zum Rapport gebeten wird.«

»Vom alten Steuben mit dem Seemannsblick? Wie kommt der auf dich? Erzähle!«

Ich berichtete, was ich wußte, und noch etliches mehr, was ich dazu dichtete. Sie war begeistert. Nicht nur von meiner farbigen Ausschmückung, ich stellte mir den alten Steuben unwillkürlich als siebten Zwerg von Schneewittchen vor, in Wirklichkeit schien er eine Mischung aus Hans Albers und Curd Jürgens zu sein, nein, Julie klatschte auch Beifall, als ich ihr sagte, daß ich ihm leider einen Korb geben mußte. Aus Prinzip und Übermüdung.

»Das ist ihm bestimmt noch nie passiert. Jus, darauf trinken wir einen Apéritif«, und sie bestellte zwei Pernods.

»Pernod am frühen Nachmittag?«

»Ich muß mir Mut machen, denn ich habe heute noch eine wichtige Aussprache mit einem hartnäckigen Herrn.«

»Dann will ich nicht länger stören.«

»Untersteh dich! Der Herr bist du. Und du bleibst, bis ich mein Gewissen von einem Druck befreit habe. Zwei Pernods!«

»Und dann? Was war nach dem Bistro?«

»Dann vertrat ich mir die Füße auf dem Boulevard. Traf eine alte Bekannte, die sich gerade überlegte, ob sie ihren Gerard nun endlich heiraten soll, obwohl sie schon zwei Kinder von ihm hat.«

Der Pernod. Wir tranken ihn als Erinnerung an unser Kennenlernen.

»Dann ging ich wieder zurück zum Hotel. Der Herr Künstler wühlte sich noch immer in den Daunen. Aber Julie ist zäh. Kurz nach eins durfte ich dich in der Drehtür bewundern. Na, und da bin ich dir einfach gefolgt. War gespannt, was du vorhattest, mit einer Zeichenmappe unter dem Arm.«

So einfach war das.

»Und nun hätte ich eine große Bitte«, sagte Julie. Fast schüchtern. Zurückhaltend. Kleines Mädchen, das ein Geburtstagsgedicht aufsagt.

»Genehmigt«, sagte ich. Nicht großmütig, sondern leise, so daß sie es kaum hörte.

»Ich würde gern deine Zeichnungen sehen. Sie in Ruhe betrachten. Darf ich?«

Wer kann da schon nein sagen? Ich holte die Mappe unter dem Tisch hervor und hielt sie ihr hin. Sie betrachtete. Ausdauernd und gründlich.

»Du tust so, als ob du etwas davon verstündest«, sagte ich, um keine allzu ernste Stimmung aufkommen zu lassen.

»Verstehen nicht. Ich arbeite ab und zu bei einem Verlag, da kommen mir manchmal solche Dinger in die Hände. Und außerdem gefällt mir etwas, oder es gefällt mir nicht«, sagte sie und reichte mir die Mappe über den Tisch. »Komm, wir gehen!«

»Wohin?«

»Vertraue dich der Führung einer erfahrenen, alten Frau an.«

»Ich denke ja nicht daran. Heute habe ich meinen freien Tag. Endlich! Jetzt gibt es keine Kommandos mehr. Und keine Beeinflussung.«

»Sei nicht alberner als notwendig. Du gibst mir deine Zeichenmappe, und wir gehen. Oder hast du die Sachen für deine Schublade gezeichnet?«

Sie zahlte, nahm die Mappe an sich und drängte mich zur Metrostation.

Am Rond Point stiegen wir aus und standen in der Mitte der zwei Kilometer langen Champs Elysées.

Julie hakte sich bei mir ein und lotste mich durch den Verkehr. Ich wußte noch immer nicht, wohin die Reise ging, aber ich hatte gegessen, und wenn ich gegessen habe, steigert sich meine Toleranz ins Uferlose. Also latschte ich neben ihr her, ohne zu fragen.

In einer der Nebenstraßen, auf der Seite von Guerlain und Citroen, bremste sie vor einem altmodischen, düsteren Haus.

Säulen am Eingang. Gläserne Portiersloge. Breite Freitreppe aus Marmor.

»Ein kleiner Hinweis würde nicht schaden«, sagte ich, nahm drei Stufen auf einmal, blieb stehen und ließ Julie auflaufen.

»Der Verlag, bei dem ich ab und zu meine Brötchen verdiene.«

Ach? Mir schwante etwas. Die Zeichnungen. Sie sollten durch ihre Fürsprache an den Mann gebracht werden.

»Die Zeichnungen«, sagte sie.

Na, hab' ich es nicht gesagt? Justus Rothemund ist vom Wohlwollen der Frauen abhängig! Abhängig? Erstens hättest du ohne weiteres die beiden Blätter bei dem gutmütigen Hörapparat abliefern können. Nur: Dir brannte die Tusche unter den Nägeln. Und zweitens? Zweitens zeigt dir Julie vielleicht nur einen Weg. Ohne sich für dich und deine Machwerke jemandem an die Brust zu werfen!

»Na schön«, sagte ich, »was soll damit sein?«

»Wir werden sie dem Redakteur bringen lassen, der mich immer ›Redaktionsbesen‹ nannte.«

»Redaktionsbesen?«

»Weil ich den ganzen Abfall machen mußte. Alles, was liegenblieb. Zu dem keiner Lust hatte.«

»Aha, und der ist zuständig für Illustrationen?«

»Nicht zuständig. Der gibt nur weiter. Aber keine Angst, deinen Werken wird schon nichts geschehen. Man wird sie pfleglich behandeln. Wie den abendlichen Apéritif. Und außerdem: Hast du sie nun für Geld fabriziert oder für die Ehre?«

»Gehen wir zu deinem Redakteur.«

»Nein, wir geben die Mappe hier ab«, bestimmte Julie, hielt an einem der gläsernen Schalter, beugte sich hinein und redete mit einem jungen Mädchen. Dann reichte sie ihr die Mappe, nahm mich wie einen kleinen Jungen am ersten Schultag an der Hand und drückte mich auf eine der Bänke, die für Besucher des Verlages vor der Schalterhalle aufgestellt waren.

»Meine Nachfolgerin«, erklärte sie, »der Ersatzbesen. Ich habe ihr gesagt, daß wir sofort Bescheid brauchen. Und noch rascher Honorar. Sie hat sich bereit erklärt, unter Einsatz ihrer Karriere unsere Forderungen durchzudrücken.« Julie grinste über das ganze Gesicht.

So gut war der Witz nun auch wieder nicht.

»Dann war das hier dein Platz?« fragte ich.

Instinktiv ahnte sie einen Angriff meinerseits.

»Ja, ist das so schlimm?«

»Jahraus, jahrein in einem Glaskäfig zu brüten, na, ich weiß nicht!« Ich versuchte, den Gedanken ebenfalls als Witz wirken zu lassen. Er prallte gegen eine Betonmauer.

»Um dich zu beruhigen, mein Teuerster: Ich beehrte dieses

gläserne Prunkschiff nur knapp drei Monate mit meiner Anwesenheit. Davon war ich vierzehn Tage krank. Halsschmerzen und so weiter. Dann gab es eine Woche Osterurlaub. Rund zehn Tage war mein Chef verreist.«

»Hm, und wo legtest du dein Ei?«

»Ich legte überhaupt nicht. Mir fehlte nämlich die Zeit. Ich erfreute mich in allen Redaktionen einer derartigen Beliebtheit, daß mein Arbeitstag voll ausgebucht war. Mit Kaffee-Einladungen. Mehrere Jahre lang.«

Jetzt lachten wir beide. Viel zu laut für die Sanatoriumsstille, die in dieser Vorhalle herrschte.

Wir alberten.

Ich verbeugte mich vor ihr. Formell. Ernst. Und sagte »Au revoir, Mademoiselle«, drehte mich der Treppe zu und ging hinunter.

»Haltet den Dieb!« rief Julie, verfolgte mich und holte mich zurück.

»Angeklagter, gestehen Sie Ihre Fahnenflucht? Oder plädieren Sie auf mildernde Umstände?«

»Ich wollte mich nur entfernen, um nicht länger belästigt zu werden«, verteidigte ich mich.

»Ach? Und welcher dieser Bonzen hat Sie belästigt?« Sie wies auf drei seriös blickende Herren in Öl, die über unserer Sitzbank hingen.

»Meine Unruhe«, sagte ich, »meine Unruhe hat mir zugesetzt. Da Mademoiselle doch noch vor Sonnenuntergang eine wichtige Aussprache mit einem schrecklich hartnäckigen Knaben zu bestehen haben?«

Julie deutete auf die Bank. Wir setzten uns.

Ich ahnte, was kam. Dagmar. Das Finale des gestrigen Festes. Warum? Wieso? Aus welchem Grund läuft ein Mann vor einem Mädchen wie Dagmar weg?

»Ich lief nicht weg. Ich wollte nur allein sein.«

Und ich erzählte ihr meine Gedanken zu diesem Thema.

»Du mußt Dagmar verstehen. Sie hat dich beschwindelt, weil sie dich mag. Weil sie im ersten Moment nicht wußte, wie sie deine Vorurteile überwinden konnte.«

»Hat dich Dagmar gebeten, mit mir zu sprechen?«

Meine Frage stand in der Verlagshalle wie ein Rauchpilz in der Windstille. Kerzengerade.

»Nein, Jus. Du täuscht dich in Dagmar. Und auch in mir. Ich kam aus freiem Entschluß. Dagmar weiß nicht, wo ich bin. Vielleicht ahnt sie es, dagegen bin ich machtlos. Wir hatten die große Aussprache, bevor wir zu Bett gingen. Ich verließ sie, als sie noch schlief. Zumindest war es in ihrem Zimmer noch dunkel. Ich bin nur die Freundin, Jus, verstehst du? Die Freundin, die für Dagmar das Beste will.«

Die Rede war lang und überzeugend.

»Ich verstehe«, sagte ich. »Du brauchst mir nichts mehr zu erklären.«

»Doch. Ich muß dir noch manches erklären, damit du endlich hinter Dagmar nur das siehst, was sie ist: ein ehrliches, anständiges, treues, warmherziges Menschenkind, wie man es selten findet. Mit guter Figur, einem Gesicht wie ein Modell und einem Verstand, der den deinen manchmal direkt blamabel erscheinen läßt.«

Sie machte eine Pause, um die Wirkung ihrer Worte zu ergründen. Ich blieb steinern. Dann sprach sie weiter.

Erzählte von Dagmars Schwierigkeit, weil jeder Mann in ihr nur die Millionenerbin sieht. Und sie in jedem Mann den Mitgiftjäger. Wieviel echte Zuneigung bei so einer Konstellation aufkommt, kann man sich vorstellen.

»Ah, und deshalb Fräulein ›Meier‹?« fragte ich, um meine Kombinationsgabe wieder einmal in den Vordergrund zu rücken.

»Das weiß ich nicht. Darüber haben wir nie gesprochen. Ist es nicht unwichtig?«

»Ja, ja, natürlich ist es unwichtig.«

»Dagmar hatte vor Jahren einen Flirt, der sie auf Händen trug. Einen Geschäftsmann aus Monte Carlo. Etwas alt, aber ein Engel. Damals war sie noch nicht reif für eine echte Verbindung. Sie wollte spielen. Mit Autos. Mit Situationen. Mit Gefühlen. Wie man sich eine millionenschwere Gans eben vorstellt. Sie brachte den Armen zum Kochen. So lange, bis er überkochte. Dann heulte sie. Das Spielzeug war kaputt. Aus. Ende.«

»Bedauerlich. Außerordentlich bedauerlich.« Ich legte meine geballte Ironie in den Satz.

»Seitdem kam sie nie mehr in so eine Verlegenheit. Sie zog sich in sich selbst zurück. Und machte eine Wandlung durch. Soweit dies bei der Strenge ihres Vaters möglich war.«

»Der ach so böse Herr Papa! Julie, weißt du eigentlich, was du sagst? Wenn ein Mädchen sich in der heutigen Zeit noch von den Erziehungskünsten ihres Erzeugers beeinflussen läßt, ist ihm nicht zu helfen.«

»Jus, tu mir einen Gefallen und knete deine Gehirnzellen besser durch. Du siehst alles nur aus deiner Warte. Es gibt auch noch eine andere.«

»Na schön«, sagte ich gelangweilt, »was ist zu tun?«

»Dich mit Dagmar zu versöhnen. Sie liebt dich!«

»Julie!« sagte ich, und es war eine Warnung.

»Glaubst du mir nicht?«

»Allmählich sehe ich rot! Es interessiert mich nicht, ob Dagmar mich liebt! Sie ist ein netter Kerl, zugegeben. Alles andere ist mir egal! Verstanden?«

»Ja. Du schreist ja laut genug.«

»Also laß mich damit in Ruhe!«

»Du machst einen Fehler, Jus, einen gewaltigen Fehler.«

»Und wenn ich hundert Fehler mache! Ich liebe sie nicht, hörst du?«

»Hm?« machte Julie, und es klang wie eine Herausforderung. »Und warum hast du dich dann mit ihr in eine eindeutige Lage gebracht?«

»Nun reicht es!« Mein Zorn war nicht mehr zu unterdrücken. »Durch dich, mein Kind, nur durch dich ist diese Lage entstanden! Ich war nur gutwillig, sonst nichts. Du, ganz allein du hast die Sache auf dem Gewissen!«

Julie wurde nachdenklich. Dann nickte sie unmerklich, und ich glaubte ein leises »Du hast recht« zu hören.

»Mademoiselle Duprivier?« Ein Mädchen, das durch die hohe Flügeltüre trat, rief den Namen.

»Oui?« sagte Julie nach einer Weile und ging dem Mädchen entgegen.

Duprivier hieß sie also? Schon immer wollte ich danach fragen. Und immer hielt ich es für nicht wichtig. Duprivier. Klang nicht schlecht.

Julie schwenkte einen Zettel in der Luft wie eine Siegesfahne.

»Gewonnen!« rief sie, »wir haben gewonnen!«

Die Anweisung für die Kasse. Meine Zeichnungen waren angekauft!

»Hundert Francs, Jus, das muß gefeiert werden!«

Hundert Francs? Und ich hatte dafür nur eine warme Suppe erhofft!

Julie umarmte mich, tanzte durch die Halle und flatterte mit der Zahlungsanweisung vor den drei ehrwürdigen Herren in Öl und goldenen Rahmen.

»Ein Fest, Julie. Wir machen ein Fest. Einverstanden?«

»Auf zur Kasse!« rief sie, und das war ihr Einverständnis.

Hundert Francs bar auf die Hand. Angenehm, wie die neuen Scheinchen knisterten! Ich setzte meinen Namen unter die Quittung, und wir vollführten auf der marmornen Freitreppe ein Ballett, wie es die Folies Bergères kaum sprühender bieten konnten.

»Wie und wo und wann?« sagte Julie nur und vertraute auf meine Kunst des Gedankenlesens.

»Ein gewaltiges Abendessen mit allem Drum und Dran. Wo? Da überlasse ich mich gern deiner Führung. Und wann? Völlig unüberlegte Frage: Jetzt!«

»Warum stehen wir also noch hier herum? Jacques le Lyonnais brät schon die Krabben!«

Metro Richtung Montparnasse. Wir wurden aneinander gepreßt wie Bausteine. Unsere Nasen sagten sich mehrfach guten Tag.

»Stehst du fest?« fragte Julie.

»Ich bedanke mich bereits im voraus für deine Stütze«, sagte ich.

»Na schön, dann hör mir mal gut zu und unterbrich mich nicht.«

»Warum so feierlich? Stehe ich auf deinen Füßchen?«

»Nicht feierlich. Nur ernsthaft. Ich muß dir etwas Ernsthaftes sagen, das im Grunde ganz unwichtig ist.«

»Wie alles in deinem Leben.«

»Oh, nein, Jus, das darfst du nicht sagen. Von dir erwarte ich eine genauere Beobachtung.«

»Also gut, Julie. Was hast du? Du bist auf einmal so anders?«

»Bin ich das?« Ihr Gesicht drehte sich von mir weg. Absicht? Oder nur Schaukelei? Das Gesicht kam wieder zurück. »Nun unterbrich mich bitte nicht, bis ich meine Beichte beendet habe«, sagte sie und sah mir dabei tief in die Augen.

»Beichte? Was für eine Beichte? Schon wieder irgendein doppelter Boden? Hat Dagmar dich doch als Kurier geschickt?«

»Bitte, Jus, laß mich in Ruhe reden. Nein, mit Dagmar hat es nichts zu tun. Diesmal nicht.«

Neue Station. Neue Umschichtung der Menschenmassen. Wir standen jetzt gemütlich in einer Ecke. Aneinander wie zuvor.

»Ich habe mich dir noch gar nicht vorgestellt«, nahm Julie das Gespräch wieder auf.

»Duprivier«, sagte ich, »du bist Mademoiselle Duprivier. Das lustigste Mädchen von Paris.«

»Bitte!« Ihre Augen flehten.

»Ach so«, sagte ich, »ab jetzt hast nur du das Wort.«

»Ja, Duprivier«, sagte sie, »und dem alten Duprivier gehört nicht nur das Haus, in dem wir eben tanzten, sondern auch der Verlag. Unter anderem. Der alte Duprivier ist mein Vater. Und ich bin seine ganze Liebe. Seine einzige, wie er mir immer wieder versichert.«

»Was redest du da? Das ist doch ein Witz? Sag, daß du einen Witz machst!«

»Nein, das ist kein Witz.« Und jede weitere Reaktion von mir unterdrückte sie einfach mit einem stummen Kopfschütteln.

»Dagmar hat von dir erzählt. Von deinen sozialen Vorurteilen. Deshalb meine Notlüge. Meine einzige. Im ›Souterrain‹. Bei unserem zweiten Tanz. Um mit dir überhaupt in ein Gespräch zu kommen. Und bei dieser einzigen Notlüge blieb es. Das ist alles. Diese Beichte hat sich nun bisher nicht ergeben. Leider. So, nun weißt du es. Wenn du auch jetzt noch mit mir zu Jacques aus Lyon willst, herrlich! Wenn nicht, steige ich an der nächsten Station aus.«

Hm, Justus, geahnt hast du schon lange irgend so etwas, stimmt's? Das Schlößchen, der Park, das Fest, die Freundschaft zu einer Steuben. Du hörtest es klingeln! Aber du wolltest es nicht hören. Na und? Soll man die Menschen nicht einfach als Menschen beurteilen? Ohne Bühnenbild und Maske? Richtig! Ja, ja, das schon aber da wäre dann noch ...

»Jus, du mußt dich mit deinem Urteil beeilen, wir sind bereits an der ›Saint Placide‹.«

Ja, ja, aber die Sache mit den Zeichnungen? Das Töchterlein des großen Herrn Duprivier nimmt einen armen Graphiker am Händchen, schleppt ihn zur Hochburg des väterlichen Einflusses und veranlaßt einen Redakteur, eine Zahlungsanweisung über einen Hunderter herauszurücken. Und die Zeichnungen verschwinden im Papierkorb. Oder wo auch immer.

»Um noch mal zu wiederholen, die Notlüge im ›Souterrain‹ war das einzige Vergehen, dessen ich angeklagt sein kann. Alles andere war völlig legal. Auch der Ankauf deiner Zeichnungen. Ich sage es nur, damit du nicht vor lauter Grübeln das Denken vergißt.« Julie suchte meinen Blick. Ich wich ihr aus.

»Das Märchen kannst du mir nicht erzählen!« Bockig wie ein kleiner Junge.

»Nein, und ich will es dir auch nicht erzählen, dieses Märchen. Wenn du mir nicht glaubst, hat es sowieso keinen Sinn mit uns. Ich steige aus. Mach's gut, Jus, und entschuldige dich wenigstens bei Dagmar.«

Der Zug fuhr in die Station »Montparnasse« ein. Die Masse drängte. Julie wollte aussteigen. Wir hakten fest aneinander. An einem Knopf. Julie zerrte. Wir hakten. Die Masse drängte. Der Zug fuhr wieder an. Wir lachten.

Wir lachten, bis uns die Tränen kamen. Dann stellte sich Julie auf ihre Zehenspitzen und beugte sich ganz nahe zu mir. Ihre Lippen auf meine Wange. Ein Hauch von einem Kuß. Wie ein Händedruck.

»Jetzt fahren wir sogar eine Station zu weit«, sagte sie, »Jacques hat seine Höhle direkt am Boulevard.«

In Lyon kann man nur Geld verdienen oder fressen, heißt es. Wer kann, hält sich an die Küche.

Jacques, ein in Ehren ergrauter Koch mit kleinen Äuglein im verfetteten Gesicht, wischte sich die Hände an seiner Schürze ab und spielte den Maître de plaisir.

Er wand seinen Bauch durch das enge Gestühl des Lokals und führte uns zu einem Tisch.

Das Lokal war nicht größer als mein Zimmer bei Mutter Moosrainer. Sieben Tische reihten sich aneinander wie in einer Abstellkammer für alte Möbel. Wir saßen unter einem blinden Spiegel, der von Fotografien aus Jacques' ruhmreicher Vergangenheit geziert wurde. Eine Art Palmwedel schwebte über uns und vermittelte Natur.

Die Speisekarte übertraf an Umfang nicht nur den Patron, sondern das ganze Lokal. Mehrere Seiten. Handgeschrieben. Von Jacques persönlich. Ohne Rücksicht auf die Orthographie.

»Laß dir Zeit«, mahnte Julie, »wer bei Jacques zu hastig bestellt, gilt als Tourist.« Sie ließ mich für einen Augenblick allein.

Wer will schon als Tourist gelten? Ich las die Karte in Ruhe durch. Dachte an die alte Frau Rothemund. Die hatte bestimmt schon zu Abend gegessen. Punkt sechs stand ihr Bier auf dem Tisch. Um diese Zeit war sie längst wieder zu einem Plausch bei irgendeinem der Nachbarn. Vielleicht erzählte sie gerade von ihrem Sohn, der jetzt Paris unsicher machte?

»Wenn es dir recht ist, warten wir noch ein Weilchen mit dem Essen.« Julie war wieder am Tisch.

»Warum? Man soll die Feste feiern, solange die Scheinchen frisch gebügelt sind!«

»Du wolltest dich doch mit Dagmar versöhnen?«

»Ja, ja, das schon.« Ich war verwirrt.

»Ich habe mit ihr telefoniert. Sie eingeladen zum Festmahl. Einverstanden?«

»Meinetwegen, sie gehört dazu. Sie macht die Feier komplett.«

Der Pernod schmeckte von Mal zu Mal würziger. Wir genossen den Duft von Anis und sahen uns in die Augen. Lange. Bis wir mit den Wimpern zuckten. Dann lachten wir.

»Jus, ich finde es prima, daß du nicht mehr gefragt hast.«

»Was?« Ich wußte genau, was sie meinte. Aber wer sich dumm stellt, hat eine Antwort gut.

»Ich weiß, daß dich die Frage noch immer berührt. Und das ist dein gutes Recht. Die Zeichnungen wurden völlig legal angekauft. Ich habe dem Mädchen am Schalter gesagt, sie möchte meinen Namen dabei aus dem Spiel lassen. Sie hat dich als ihren Bekannten ausgegeben. Wenn du willst, gehe morgen vorbei und bringe ihr ein neues Blatt.«

»Schon gut, Julie. Ich glaube dir.« Ich legte meine Hand auf ihre.

Wir überlegten, was wir bestellen wollten, und schwelgten dabei in Genüssen. Zuerst vielleicht Muscheln in Knoblauch gebraten oder Krabben geröstet, mit einer Sauce aus Eiern, Dill und Mayonnaise? Danach hohe, runde Pfeffersteaks oder dicken Spargel oder Kalbsmedaillons mit Bohnen in Butter gebacken? Dazu schweren Rotwein aus der Provence? Nachher Erdbeeren mit Creme aus saurem Rahm oder Creme Caramelle aus der großen Tortenform?

»Jus, hältst du mich nun für ein kurzsichtiges Scheckbuch? Oder für eine goldene Ziege?«

»Nein«, sagte ich. Sonst nichts.

»Darf ich dir trotzdem Näheres über mich erzählen?«

»Ich höre.« An den Pernod könnte man sich gewöhnen.

»Mein Vater und ich lieben uns. Aber wenn wir zusammen sind, vergeht keine Stunde, wo wir nicht heftig aneinander geraten. Die Fetzen der Diskussion fliegen uns um die Ohren. Auf der einen Seite der Großkapitalist, Erbe der Tradition und des genormten Denkens. Auf der anderen Seite die Jugend, die Weiterentwicklung der menschlichen Zusammengehörigkeit, der Zerstörung der gesellschaftlichen Tabus, und was für ihn unfaßlich ist, was er nie und nimmer wahrhaben will: die Mißachtung des Geldes.«

»Warum erzählst du mir das alles?«

»Weil ich hoffe, daß du dich später irgendwann einmal an die Tochter vom alten Duprivier erinnerst. Und weil ich möchte, daß du dieses Entlein dann in der richtigen Beleuchtung siehst. Und vielleicht auch, weil ich dich mag.«

»Da hast du recht. Du könntest hier genausogut als Tochter eines Waschmittelvertreters sitzen.«

»Oder als Kind eines ehrlichen, strebsamen Graphikers«, sagte Julie, und die dünnen Fältchen ihrer Augenwinkel funkten Gemeinschaft.

»Oder als Tochter eines Bauern.«

Ich war dankbar, daß sie das Thema beunruhigt hatte. Und ich freute mich, daß ich mit Julie bei Jacques aus Lyon saß.

Dagmar sah so bezaubernd aus wie noch nie. Sie wirkte froh, unbeschwert, beschwingt. Ihr Lachen hatte alles Gekünstelte verloren. Es war offen und herzlich.

Die Haarsträhne verdeckte ihr zwar nach wie vor den linken Blickwinkel, aber sie erhöhte auf einmal ihre weibliche Ausstrahlung.

Die Wimpern hatte sie dick getuscht, die Augenlider blau getönt. Reizvoll, äußerst reizvoll, Justus, dieses Gesicht! Zu den Wimpern trug sie einen Hauch von einem Sommerkleid. Seide auf der Haut. Graphik auf der Seide.

Ich muß wohl ziemlich überrascht in den Abend geblinzelt haben. Eine ungehörige Weile lang. Bis mich Julie wieder in Jacques' gute Stube zurückholte.

»Hallo, Jus, der Film ist zu Ende! Die Hauptdarstellerin wirft sich unters Volk«, sagte sie, drückte Dagmar auf ihren Platz und winkte den Patron heran, um die Bestellung an den Mann zu bringen.

»Dagmar, du siehst ja wirklich . . .«, wollte ich sagen, aber Julie half mir aus meinem Gestottere.

»Du siehst aus wie der leuchtendste Abendstern, den er jemals entdeckte, wollte er sagen.« Die beiden Mädchen kicherten wie zwei Schülerinnen der Unterstufe vor ihrem Lieblingsprofessor.

Eitel, Justus, jetzt fühlst du dich eitel! Und wie! Erhaben, stolz, der Hahn unter geballter Weiblichkeit.

Das Essen entwickelte sich zur Schlemmerei. Als die Erdbeeren mit der Creme aus saurer Sahne serviert wurden, redete sich Dagmar ihre Belastung von der Seele.

Sie erzählte von einem Tag ihrer Kindheit, an dem die Eltern ihres ach, so hübschen, so gescheiten Wunderkindes ein paar Kinder aus der Nachbarschaft einluden. Ausgewählte Kinder selbstverständlich. Ausgewählt nach streng sozialem Gesichtspunkt. Und wie Dagmar einem dieser Kinder ein Spielzeug wegnahm und dafür von diesem Kind einen leichten, aber berechtigten Schlag ins Gesicht erhielt. Und die Eltern dann Dagmar in Schutz nahmen. Der Grundstein für einen geebneten Lebensweg war gelegt.

Sie erzählte von dem goldenen Käfig, in dem sie dressiert wurde. Zur Unselbständigkeit. Zur Unfreiheit. Wie sie auszubrechen versuchte aus dieser Zwangsjacke. Es auch manchmal beinahe schaffte, aber nie die Kraft aufbrachte, ihren Entschluß durchzustehen. Gegen ihr bequemes Zuhause. Gegen die Hilfe der Dienstboten, die hinter ihr herliefen und ihr jeden Wunsch von den Augen ablasen. Gegen die scheinbare Macht des Geldes. Und gegen den Willen ihres Vaters.

Sie durfte keiner Beschäftigung nachgehen. Sie durfte nichts arbeiten. Nur um nicht in ›falsche‹ Gesellschaft zu geraten. Und außerdem wegen des Grundsatzes: Die Tochter des alten Steuben hat es nicht nötig, irgend etwas zu tun. Die kann es sich leisten, lediglich vor sich hinzubrüten und langsam innerlich zu verwelken.

Einmal wollte sie eine Mannequinschule besuchen. Um eine Aufgabe zu haben und unter jungen Menschen zu sein. Als ihr Vater davon erfuhr, drohte er mit Enterbung. Und vor dem Begriff ›Geld‹ ging sie wieder in die Knie.

Die einzige Beschäftigung, die ihr gestattet wurde: Sie durfte eine Sprachenschule besuchen. Englisch, Französisch in fünf Semestern. Diese Schule war ihre einzige Freiheit. Und die wollte sie genießen.

Von ihren Schulkolleginnen aber wurde sie nicht anerkannt. Sie durfte nicht mitkommen ins öffentliche Schwimmbad. Sie mußte Wochenendfahrten grundsätzlich ablehnen. Auf dem jährlichen Sommerball wachten die Eltern über ihre Tanzpartner.

Sie wurde gehänselt, belächelt, von den Kolleginnen geschnitten. Man stellte ihr Fallen, die ihren Mangel an eigenem Willen, an eigener Persönlichkeit immer wieder unter Beweis stellten.

Bis die Sache mit dem ABA-Wettbewerb kam.

»Der ABA-Wettbewerb? Was hat der mit dem Vorhandensein deiner Persönlichkeit zu tun?« fragte ich. Auch Julie horchte auf.

»Meine Kolleginnen betrachteten ihn als letzten Test. So komisch das auch klingen mag, mir war es damit ernst.«

Dagmar wurde mit einemmal nachdenklich. Man konnte direkt beobachten, wie ihre Gedanken arbeiteten. Dann erzählte sie die Sache von dem Ausschluß aus der Gemeinschaft.

Die Kolleginnen waren anscheinend richtige, kleine Biester.

Sie beschlossen, Dagmar ein für allemal aus ihrer Gemeinschaft auszuschließen, wenn sie den Test nicht bestand. Sie wollten sie nicht mehr grüßen, weder mit ihr sprechen, noch sie anhören. Sie sollte für sie gestorben sein.

Der Test bestand in der Annahme des Preises. Die Kolleginnen hatten hinter dem Rücken von Dagmar in ihrem Namen an dem Preisausschreiben teilgenommen. Und der Name ›Steuben‹ gewann einen Preis. Man offerierte Dagmar diese Neuigkeit, als sie gerade Krach mit ihrem Vater wegen einer läppischen Kleinigkeit hatte.

Wenn sie den Preis nicht annahm, drohte ihr die Ächtung durch die Kolleginnen. Ihr Vater aber würde nie einwilligen, daß seine Tochter mit einer Reisegesellschaft und ohne Aufsicht nach Paris fährt.

Was tun? Sie einigte sich mit den Kolleginnen auf das Pseudonym ›Meier‹. Und sagte ihrem Vater überhaupt nichts von dem Pariser Abenteuer. Ging sozusagen grußlos von dannen nach der Devise: Nach mir die Sintflut!

»Hoch! Hoch! Hoch!« Der Rotwein schwappte aus den Gläsern, so lachten wir alle drei.

Endlich hatte Dagmar Mut zum eigenen Willen bewiesen. Das mußte gefeiert werden. Jacques, noch einen neuen Krug!

»Moment mal, Freunde«, unterbrach Dagmar die Stimmung, »die Geschichte ist noch nicht zu Ende. Zumindest nicht für Justus.« Sie schickte Julie einen entschuldigenden Blick zu.

»Natürlich erfuhr mein Vater am nächsten Morgen, daß ich weg war. Ausgeflogen. Seinen Zügeln entlaufen. Seine Reaktion entsprach dem Schema des Wirtschaftsführers: Nie einen Zug rückwärts rangieren, sondern ihn vorwärts in die entsprechenden Bahnen leiten.«

»Aha«, sagte ich, »und wie ging diese Umleitung vor sich?«

»Sehr einfach. Er setzte sich mit seinem Freund Duprivier in Verbindung.«

»Endlich leuchtet mir die Glühbirne!« rief ich. »Oh, was war ich doch für ein Trottel!«

»Ich höre immer: war?« jauchzte Julie und schenkte uns die Gläser voll.

»Natürlich, der grüne Rolls-Royce, der Umzug von der

›Britischen Seefahrt‹ nach Auteuil. Das Töchterlein schien wieder unter Kontrolle.«

»Der brave Mann hatte nur die Rechnung ohne die Julie gemacht!« rief Julie, und wir tranken den Roten wie Wasser.

Herrlich, einfach herrlich war das. Der ängstliche Herr Vater, beruhigt durch die Anwesenheit von Julie Duprivier!

Wir bekamen kaum Luft. Wir prusteten. Wir schüttelten uns vor Lachen. Das Lokal war mittlerweile bumsvoll. Jacques lachte mit uns, ohne daß er wußte, worüber.

»Der gute, alte Steuben! Möge ihm die Enttäuschung leicht werden.«

Mein Trinkspruch wurde bejubelt. Ich geriet in Fahrt.

»Und wenn er mich morgen früh wieder aus den Kissen klingelt, will ich besonders nett zu ihm sein.«

»Was?« Dagmar erschrak. »Willst du vielleicht damit sagen, du hättest heute morgen mit meinem Vater telefoniert?«

Die Felle ihrer frisch entdeckten Willensstärke schienen ihr unter den Händen wegzuschwimmen.

»Ich nicht mit ihm. Er mit mir. Aber er kam nicht durch. Mein Kissen war zu dick.«

»Ernsthaft, Justus! Hat mein Vater bei dir angerufen?«

»Ja, das hat er. Sogar zweimal.«

Dagmar wurde still. Und überlegte. Und Julie versuchte, sie auf unserem Kurs zu halten.

»Ist das etwa schlimm, wenn dein Vater mit Jus telefoniert?« fragte sie, »vielleicht wollte er sich nur nach dir erkundigen?« Für Julie war es die einfachste Sache der Welt, wenn ein despotischer Vater frühmorgens über halb Europa telefonisch seine verschwundene Tochter sucht.

»Ich muß sofort zurückrufen.«

Dagmar hatte sich zu einem Ausweg durchgerungen. Sie meldete ein Gespräch nach Düsseldorf an.

Julie und ich hielten uns an den Roten. Und ließen die mißratene Jugend hochleben.

Düsseldorf am Apparat. Der Apparat stand auf einer braun gebeizten Theke. Die Essensausgabe. Das halbe Lokal nahm Anteil am Gespräch.

Dagmar wurde blaß. Ihr Vater war nicht zu Hause. Er war seit mittags in Paris!

»Ruhig Blut, meine Liebe, ruhig Blut«, tröstete Julie, »wir werden die Sache schon arrangieren.«

»Ich muß ihn im Hotel anrufen. Er wohnt sicherlich im George V.«

»Nein, das mußt du nicht!« Julie sprach ein Machtwort. »Jetzt zeigst du ihm endlich einmal die Stirn! Werde erwachsen. Selbständig. Dein Vater wird es überwinden, glaube mir. Und dein Verhalten einsehen. Irgendwann«, sagte sie.

»Du kennst meinen Vater schlecht, Julie. Ich muß ihn zu erreichen versuchen. Sofort.« Dagmar wollte zum Telefon.

Julie drückte sie auf ihren Platz: »Du meldest dich nicht! Jus und ich werden darüber wachen. Am besten ist, du tauchst unter. Verschwindest von der Pariser Oberfläche.«

»Du hast leicht reden, bei deinem Vater!« sagte Dagmar.

»Wieso?« konterte Julie, »mir ist lediglich egal, wie mein Vater reagiert. Aber er reagiert wie deiner.«

Dagmar wurde es ungemütlich. Sie wollte weg. Wahrscheinlich ins Hotel »George V«.

»Vertraue uns«, munterte Julie sie auf, »bleibe eisern. Laß ihn zappeln. Bis er merkt, daß seine Tochter ein Eigenleben braucht. Bis er vernünftig wird. Wir werden dich ihm gegenüber abschirmen. Eines Tages wirst du es uns danken.«

Dagmar wand sich und führte einen Kampf mit sich selbst. Dann hatte sie entschieden.

»Also gut. Was soll ich tun?«

»Bravo! Ein Bravo deiner Einsicht! Julie ließ den Roten noch mal kreisen. »Du kommst in unser Landhaus. Sechzig Kilometer von hier. Bei Fontaineblau. Dort bist du vor seinem Einfluß sicher.«

»Allein?« fragte Dagmar. Angst und Unsicherheit in der Stimme.

»Selbstverständlich mit Jus«, bestimmte Julie.

Dagmar lehnte ab. Eindeutig und kategorisch. Und ganz in meinem Sinne. Nicht noch einmal die gleiche Inszenierung in anderen Tapeten!

»Na schön. Dann fahren wir zu dritt«, sagte Julie.

»Wenn du mitfährst«, wandte ich mich an Julie, »dann braucht ihr mich doch nicht. Schließlich habe ich noch eine kleine Nebenbeschäftigung. Schafranek.«

»Kommt nicht in Frage. Dir stellen wir eine schriftliche

Entschuldigung aus. Du kommst mit. Als Beschützer. Als Freund. Wir drei gehören zusammen!«

»Hm«, ich zog meine attraktive Denkerstirn in Falten, »und auf wie lange?«

»Zumindest bis morgen mittag. Eine Nacht genügt für die Kur des alten Steuben.«

»Ich bin dabei. Holen wir euer Gepäck. Auf nach Auteuil!«

»Und direkt dem lieben Papa in die Arme? Nein. Wir fahren von hier aus. Ohne Gepäck. Was wir brauchen, ist im Haus.« Julie behielt als einzige einen klaren Kopf.

»Und mit welchem Wagen?« fragte ich.

»Mit keinem. Mit der treuen, braven Eisenbahn«, sagte Julie, und alle drei waren wir von dem Plan begeistert, wie Kinder, die das erstemal Indianer spielen.

8. Kapitel

Das Haus lag wie aus einem Spielzeugkasten in der welligen Landschaft. Eine Jagd und ein eigener Forellenbach dehnten den Besitz bis zum Horizont.

Julie hatte noch Claude eingeladen. Vielleicht glaubte sie, ein Neutraler könnte im Moment nicht schaden. Vielleicht mochte sie ihn aber auch und wollte ihn deshalb um sich haben. Sicher war, daß die Anwesenheit von Claude ein endloses Zerreden der bestehenden Probleme mehr oder weniger unterband. Und das war gut so.

Wir machten einen ausgedehnten Abendspaziergang.

Das Ziel dieses zweistündigen Gewaltmarsches waren unsere Betten. Wir verteilten uns auf die vier Gästezimmer und schliefen wie gefällte Bäume.

Als ich erwachte, berührte die Sonne die obere Hälfte des Bettes und wärmte mein linkes Ohrläppchen. Ich drehte mich auf den Rücken, sah in einen tiefblauen Himmel und in die nicht weniger strahlenden Augen von Julie.

»Aufstehen, Jus, wir bekommen Besuch.«

Besuch? Hier, am Ende der Welt? Mitten im heiligen Sonntag?

»Wie spät ist es denn?« Meine Stimme klang noch sehr farblos. Ich rieb mir die Augen.

»Gleich halb zwölf. Die anderen sind schon unterwegs.«

»Aha!« sagte ich, »aha, wir bekommen also Besuch.«

»Ich lasse dir zehn Minuten Zeit«, sagte sie.

»Wofür?«

»Zum Anziehen. Zum Verkleiden als Herr.«

Als Herr? Hier in trauter Einsamkeit?

Ich hatte nur Cordhose, Hemd und Pullover.

»Es kommt nämlich der alte Steuben.« Und draußen war sie.

Er kam mit grünem Rolls-Royce und Chauffeur. Ohne seinen Freund Duprivier, der keine Zeit für einen Ausflug hatte.

Er reichte jedem von uns die Hand. Leer, schlaff, aber er reichte. Er sagte: »Wie geht's dir?«, sprach über das Wetter, über seinen angenehmen Flug, den Alltag zu Hause, Mutter gehe es gut, als ob er nur für diese Konversation aufs Land gefahren wäre.

Zu Mittag gab es Ravioli. Die einzigen Büchsen, die wir fanden.

Er kaute zwar ein bißchen mit langen Zähnen. Aber er aß. Wie wir. Trank Rotwein wie wir und benahm sich auch sonst wie ein normaler Mensch. Kaffee. Zigarre. Gemütliche Ecke. Holzgetäfelt. Nichtssagendes Gespräch.

Wir hatten Dagmar versprochen, sie nicht allein zu lassen. Sie abzuschirmen gegen ein Donnerwetter unter vier Augen.

Der Steuben spürte das. Er bereitete seine Offensive gründlich vor. Brachte das Geplätscher auf die neuesten Filme. Auf die Moral ohne Grenzen. Auf die heutige Jugend. Auf die sittliche Reife. Den Ernst des Lebens. Tradition. Besitz. Verantwortung. Pflicht sich selbst gegenüber. Ordnung. Familie. Dankbarkeit.

Seine Sätze konzentrierten sich immer mehr auf Dagmar. Aber er konnte uns dadurch nicht aus dem Gespräch schaukeln. Claude setzte ihm zu, daß Dagmar erblaßte.

Aber der Steuben focht sehr geschickt. Kein breiter Säbel. Kein Florett. Nur Schaumgummi mit vereinzelten Spitzen. Er hielt sich tapfer gegen unsere gestaffelte Phalanx, in der zu guter Letzt auch noch Dagmar stand.

Er zog sich achtbar aus der Situation, konnte aber nicht umhin, die für ihn bittere Pille zu schlucken, daß seine Tochter nun wohl endgültig dem Jungmädchenalter entwachsen war.

Er schluckte mit Fassung. Ein echter Steuben.

Hübsch, wie er sich noch verstohlen nach unseren Schlafstätten erkundigte. Als ob vier getrennte Schlafzimmer eine Garantie für Soloschlummer darstellten!

Wir ließen ihm seine Ungewißheit. Er sollte etwas zu knabbern haben. Regt den Kreislauf an.

Er beschloß die Versöhnung der Generationen über unsere Köpfe hinweg.

»Wir fahren jetzt zurück nach Paris. Und abends gehen wir gemeinsam zum Essen. Wohin?« Er wandte sich an Julie.

Er sagte einfach »wir« und bezog uns alle ein. In den Rolls-Royce. Er brach unser Landleben ab, ohne uns zu fragen. Er bestimmte, wie er es gewohnt war.

»Wenn schon«, sagte Julie und zwinkerte mir zu, »dann in die ›Cascade‹.«

»Abgemacht. Packt eure Sachen. Ich habe um sieben noch eine Besprechung im Hotel.«

»Wir haben nichts zu packen«, sagte Julie, »Fensterläden zu und fertig sind wir.« Damit wandte sie sich an Dagmar, Claude und mich: »Habt ihr eigentlich Lust, jetzt schon zurückzufahren?«

Es war, als ob ein Zeitzünder tickte. Nur noch wenige Sekunden bis zur Explosion.

Papa Steuben ignorierte die Anspielung. Er hatte sich mit seiner Rolle als gleichberechtigter Partner anscheinend abgefunden.

»Ach, ihr habt gar kein Gepäck?« Er sagte es mehr, um überhaupt etwas zu sagen. »Seid völlig ohne hier?«

»Die Fahrt war ein rascher Entschluß. Auf Grund eines bedauerlichen Vorkommnisses.« Claude offenbarte sich plötzlich als Zyniker.

»Soso? Na, dann wollen wir mal!« Steuben steckte sich eine neue Zigarre an, gab dem Chauffeur einen Wink, und die Weichen waren gestellt.

Das »George V.« ist ein Hotel von eigenartigem Stil. Mitten im vornehmen Diplomatenviertel, an der Avenue George V., mutet es wie eine klobige Trutzburg an. Die Fassade nüchtern. Sachlich. Glatt rasiert. Innen so, wie der reiche Amerikaner sich Europa vorstellt. Tiefer Plüsch mit Quasten. Gedämpfte Atmosphäre mit Tradition. Vater Steuben erwartete uns in der Halle. Der grüne Rolls-Royce stand im Startloch.

Dagmar hatte ihr knappstes, engstes Sommerfähnchen angelegt, das mit dem Ausschnitt für Feinschmecker.

Vater überging auch diese Herausforderung und benahm sich ganz so, als ob er jetzt schon als Sieger des Abends feststand. Seine Selbstsicherheit machte uns nervös.

Er bestellte beim Portier das Frühstück für morgen Punkt sieben auf sein Appartement. Und zwei Plätze für den Rückflug nach Düsseldorf. Für sich und seine Tochter. Er sprach in einer Lautstärke, daß die Halle mithören mußte. Und ließ Dagmar keine Möglichkeit zu einer Erwiderung. Denn der grüne Rolls-Royce stand unter Dampf.

»Organisation ist das halbe Leben«, sagte er. Mehr zu sich, aber doch für uns gedacht.

Mitten im Bois de Boulogne, dort, wo der Wald zwei kleinen Seen Platz macht, am Ende der Rennbahn von Auteuil, liegt das Restaurant »La Cascade«.

Jugendstil, wohin man blickt. Außen, innen, sogar bei den Kellnern, die in roten und schwarzen Fräcken durch die Gänge der Tische schwirrten, als wollten sie ein Ballett der »goldenen Zwanziger« zum besten geben.

Die Speisekarte diskret. Ohne Preise. Nur auf der Karte des Einladenden. Wir schlemmten. Wir stopften uns voll, bis uns der Kaviar zu den Ohren herauskam. Auf Kosten der Steuben-Werke.

Das Gespräch tröpfelte müde vor sich hin. Ein bißchen Theater, ein bißchen Geschichte, ein paar Klischees über menschliche Beziehungen.

Dann der entscheidende Satz: »Jetzt lade ich euch noch ins ›Crazy Horse‹ ein, und dann müssen wir uns leider empfehlen. Um halb neun startet morgen unsere Maschine. Du wohnst am besten bei mir im George V. Dein Gepäck kann Julie ja nachsenden.«

Verbindlich, aber kategorisch. Mit »wir« meinte er sich und Dagmar, von der er auch verlangte, im George V. zu nächtigen. Strategie!

Julie versuchte, Dagmar mit einem Tritt gegen das Schienbein zu einer Entgegnung zu bewegen. Sie traf mich unterhalb des Knies. Dort, wo mein Reflex sitzt. Ein Zucken. Der Wagen, auf dem die Speisen standen, kippte. Die Sauce dem Herrn am Nebentisch über die Hose. Entschuldigungen. Beteuerungen, Verbeugungen.

Julie und ich verschluckten uns beinahe vor gestautem Lachen. Dagmar blieb ernst. Der alte Steuben wiederholte notgedrungen seinen Vorschlag, der in der Sauce untergegangen war.

»Na, was meinst du dazu, Dagmar?« ermunterte Julie.

Dagmar wußte sich vor der Entscheidung. Vielleicht auf Jahre hinaus. Oder für immer. Wir drückten ihr alle drei die Daumen. Mehr konnten wir nicht für sie tun. Die entscheidenden Worte mußte sie selbst sprechen.

»Ja«, sagte sie, und ihre Hand zitterte, als sie ihr Glas auf den Tisch stellte, »ja, ich weiß, Paps, die Halb-neun-Uhr-Maschine. Wir haben ja den Flug schon oft benutzt.«

»Na also!« Vater Steuben hob sein Glas und prostete uns zu. Er feierte seinen Sieg.

»Nur«, sagte Dagmar und suchte nach der Formulierung, »nur mußt du morgen leider ohne mich fliegen. Mein Aufenthalt hier als Preisträger endet erst übermorgen.«

Stille. Ruhe vor dem Sturm. Man hörte das Schlucken von Champagner. Keiner sprach. Alles wartete auf die Reaktion des Vaters. Er aber tat uns nicht den Gefallen. Er steckte eine neue Zigarre in Brand, prüfte das Mundstück, sog den Rauch genußvoll ein.

»Sei nicht traurig, Paps, das nächste Mal fliege ich wieder mit dir nach Paris. Und auch zurück. Ich verspreche es dir.« Dagmar traf genau den richtigen Ton. Ehrliches Mitgefühl für die Einsamkeit eines alten Mannes.

»Wenn wir noch ins ›Crazy Horse‹ wollen, müssen wir aufbrechen. Die erste Vorstellung beginnt kurz nach elf«, sagte Vater Steuben.

Das war die Versöhnung. Die Umarmung. Die Verabschiedung seiner Tochter in ihr eigenes Leben.

Ich war versucht, in ein »Hoch!« auf den Mann mit dem Blick eines Seefahrers auszubrechen. Den anderen erging es anscheinend ähnlich.

Auf dem Gehsteig der vornehmen Avenue George V. ein Bretterpodium wie bei einem Volksfest. Flankiert von zwei Cowboys in Phantasietracht. Ein Spiegelbild an schmalen Eingangstüren. Dann ein langer Schlauch in die Tiefe eines Kellertheaters.

Cabaret mit winziger Bühne. Niedrige Decke. Der Zuschauerraum überfüllt. An der Stirnseite eine lange Bartheke.

Wir quetschten uns mit Fremden auf die Theke, saßen zwischen Gläsern, Flaschen und Aschenbechern. Papa Steuben hatte sich vor unseren Knien einen Stehplatz ergattert.

Das Programm rollte nonstop ab. Film als Hintergrund realer Nackttänze. Choreographisch als kleine Sketche präsentiert. Striptease in moderner Verpackung. Dazwischen eine Varieténummer von Weltklasse. Und das Ganze in vier Sprachen.

Die Rechnungen wurden während der Vorstellung mit Taschenlampen kassiert. Touristik in höchster Vollendung.

Nach einer Stunde fühlten wir uns schweißgebadet und lufthungrig wie Kohlentrimmer. Als der Zuschauerraum wieder hell wurde, war Papa Steuben verschwunden. Ein Kellner übergab Dagmar eine Karte: »Bin schon ins Hotel. Amüsiere Dich. In zwei Tagen sehen wir uns zu Hause. Paps.«

Kinder, jetzt wird es gemütlich! Hinein ins »Souterrain« und sich treiben lassen.

Julie bemühte sich, Dagmar und mich zum Tanzen zu animieren. Dagmar lehnte ab. Was ich verstehen konnte, schließlich war ich keine Ballettratte.

Da schleifte mich Julie ins Gewoge. Nicht eng umschlungen wie gewohnt. Auf Distanz, zu einem Gespräch bereit.

»Na, wie kommst du mit meiner Freundin zurecht?«

»Neugierde? Oder willst du dich über mich lustig machen?«

»Sagen wir, Verantwortungsgefühl.«

»Eine lobenswerte Eigenschaft. Damit strickt man warme Ohrenschützer für die Negerbabys in Afrika.«

»Du bist ekelhaft.«

»Und du kurzsichtig.«

»Warum willst du nicht zugeben, daß bei euch das kleine Pflänzchen ›Liebe‹ reift?«

»Weil ich mir nichts einreden lasse. Sondern meine eigene Antenne benutze.«

»Wie originell. Und wie lauten die Funksprüche?«

»Warnung vor dem Mädchen Julie. Der Degen ist vergiftet.«

»Ich bin dafür, daß ihr morgen endlich einmal allein aus-
geht. Ohne mich, ohne Claude und die anderen. Ohne Papa.
Um den letzten Abend in Paris zu genießen.« Julie sprach
zu Dagmar und mir.

Achtung, Justus, jetzt sollst du endgültig an die Dame
gebracht werden!

Wir standen an der Metrostation. Bereit zum Abschied
für die Nacht.

»Zwei Menschen, die sich lieben, sind am glücklichsten zu
zweit. Ohne Anhang. Auch wenn er so sympathisch ist wie
ich.« Julie lachte über ihren eigenen Witz.

Dagmar und ich blieben stumm. Wir sahen uns nicht einmal an. Ich war froh, daß Julie bei uns war.

»Na, wann wollt ihr euch treffen?« fragte sie und gab
Dagmar einen leichten Stups mit dem Zeigefinger.

»Kommst du morgen zu Schafranek?« sagte ich zu Dagmar. Ohne innere Anteilnahme.

»Nein«, sagte Dagmar und warf ihre Haarsträhne zurück,
»ich möchte nicht mehr zu Schafranek.«

»Sagen wir, ihr trefft euch morgen abend um acht?« sagte
Julie und zeigte Ungeduld.

»Und wo?« Ich war mit einem raschen Abschied einverstanden.

»Im Renault-Restaurant? An den Champs-Elysées. Zum
Essen? Später könnt ihr dann machen, was ihr wollt. Nur
nicht in Saint Germain des Prés auftauchen. Recht so?«

Dagmar zögerte. Sie schien verwirrt. Und nachdenklich.
Dann sagte sie: »Ja. Morgen um acht.«

Ich nickte. Ich glaube, man sah mir an, daß meine Begeisterung nicht gerade groß war.

9. Kapitel

Es schien, als ob sich alte Bekannte nach langer Zeit wieder-
sahen. Frau Gundlach begrüßte mich bereits auf der Treppe.
Frau Hafermeister und Schafranek nahmen mich am Prunkspiegel in ihre Arme.

»Ich dachte schon, Sie jibt es nicht mehr«, sagte Frau
Hafermeister, und es hörte sich wie echtes Interesse an.

»Kommt denn Fräulein Meier auch?« fragte Frau Gundlach. Lauernde Kritik. Aushorchen.

Fräulein Meier? »Ach so!« sagte ich, und ich sah Julie vor
mir.

»Herr Rothemund, ich hätte eine große Bitte«, wandte
sich Schafranek an mich. Zum ersten Male erlebte ich ihn
etwas aufgeregt.

»Macht es Ihnen etwas aus, Frau Bienert in das Hospital
Bandelocque zu begleiten? Das Taxi steht schon bereit. Frau
Bienert hat sich den Knöchel verstaucht. Oder gebrochen.
Wir wissen es nicht. Ich habe leider keine Zeit. Man erwartet
uns um zehn Uhr im Bois de Boulogne. Und Monsieur For-
tune tut sich mit seinem Deutsch etwas schwer. Für Frau
Bienert.«

»Ich übernehme den Job«, sagte ich.

»Sehr freundlich«, sagte Schafranek. Dann erklärte er mir,
es sei in der Zwischenzeit alles organisiert. Das Krankenhaus
warte auf die Patientin.

Der Knöchel war nicht gebrochen. Nur ein Bluterguß. Leich-
ter Verband. Ich lieferte Frau Bienert wieder im Hotel ab.
Und nun?

Der Rest des letzten Tages wird vergammelt, mein Junge!
Abschalten. Ausspannen. Sich treiben lassen.

Mit dem Zeichenblock unter dem Arm und der Bereitschaft, eventuell ein lohnendes Motiv festzuhalten.

Ich setzte mich in den Jardin du Luxembourg und ließ
mich von der Sonne wärmen.

Und heute abend? Warum hast du dich noch mal zu einem Rendezvous mit Dagmar breitschlagen lassen, Justus? Um am letzten Abend nicht allein durch die Straßen stolpern zu müssen?

Genau das war es, mein Junge!

Ich werde absagen!

Pünktlich um acht betrat ich das Restaurant. Zuerst mußte man durch den großen Verkaufsraum von Renault. Die neuesten Modelle luden zu einer Probefahrt ein. Übergangslos, direkt neben den Autos, begannen die Tischreihen des Lokals.

Wie auf zwei einander gegenüberliegenden Tribünen türmten sich die Logen, als alte Kutschen kaschiert. Den Abschluß bildete eine lange Bar zu ebener Erde. Es herrschte ein Gedränge wie in einem Schnellimbiß.

Ich sah mich suchend um. Dagmar war noch nicht da. Ich drängte mich auf einen frei werdenden Hocker an der Bar und wartete.

Ich saß bereits eine halbe Stunde, hatte drei gar köstliche Campigneulles-Biere in mir versenkt und wartete noch immer auf die Dame des Abends.

Dann kam sie. Ich sah sie schon von weitem, als sie sich an den neuesten Benzinkisten vorbeischlängelte. Grünes Sommerkleid, geschnitten wie ein Herrenhemd, offen bis zum fünften Knopf, rote Kniestrümpfe und Schultertasche. Ein Ereignis für die anwesenden Männer.

Sie schritt als Königin durch das Spalier des Gestühls. Direkt auf mich zu. Das Kribbeln begann im kleinen Zeh und zog sich über den Bauch bis unter die Haarwurzeln. Ich freute mich, daß ich sie sah. Ich freute mich auf ihre Anwesenheit. Ich freute mich schon jetzt über ihre ersten Worte, egal welche es sein würden. Ich freute mich auf den Abend.

Ich bot ihr meinen Hocker an. Stellte mich neben sie.

»Hoffentlich hast du nicht zu lange gewartet?« sagte sie und griff sich die Speisekarte.

Ein wunderbarer Satz! Hoffentlich hast du nicht zu lange gewartet! Ein Satz voll Mitgefühl, Optimismus und Verständnis. Ein Satz, wie ihn eben in dieser Vollendung nur Julie zu sagen vermochte.

Der Hocker neben ihr wurde frei. Wir saßen nebeneinander. Wir bestellten gemeinsam. Und fühlten uns wohl. Es war, als ob ich die Zweisamkeit neu entdeckte.

»Halte doch bitte mal die Tasche«, sagte sie.

Ich hielt, damit sie für den Salat Platz schaffen konnte. Dann reichte sie mir ihre Gabel, und wir aßen abwechselnd aus der Schüssel. Dann wollte Julie ein Croque Elysées, ein Sandwich mit gegrilltem Käse und Tomaten. Und ich entschied mich für eine Pizzeta Major, eine Pizza im tiefen Topf gebacken, saftig wie vollreife Aprikosen.

Sie rauchte nicht. Ich rauchte nicht. Sie trank Champigneulles. Ich trank Champigneulles. Sie mochte noch etwas Süßes. Ich mochte noch, es war wie warme Kirschen mit Vanilleeis. Es war zum Ineinander-Kriechen. Zum Auf-die-Bäume-Klettern vor Geborgenheit.

Oh, was ist denn das selten Apartes? Auf der Eisbombe der Dame eine Rosette der Ehrenlegion? Und für den Herrn ein Napoleonhut?

»Heute feiert man den Erinnerungstag«, sagte Julie, »Erinnerung an das Ende des Krieges.«

Sie drückte es milde aus. Man feierte die Befreiung von unserer Armee. Ein weiterer Grund für eine intensive Verbrüderung.

Nichts gegen Frankreich! Aber Plastik-Napoleonhüte auf Süßspeisen sind schon ein echt nationales Bedürfnis. Genauso wie bei uns die zweistimmigen C-Dur-Klänge alter Frontkämpfervereinigungen.

Julie nahm mit spitzen Fingern ihre Rosette aus der Sahne. Ich stellte meinen Napoleonhut in die äußerste Ecke der Theke.

»Wollen wir einen Bummel machen?« fragte sie und löffelte die Reste der Schokoladensauce aus der Tiefe des Bechers.

»Wenn ein alter Mann dabei mithalten kann?«

»Kurz vor dem Zusammenbruch werde ich dich auf Händen tragen.«

»Endlich geht mir dieser ewige Wunsch einmal in Erfüllung!« Ich zahlte, und wir gingen. Verabschiedeten uns vom Restaurant wie von einem guten Bekannten. Es war »unser« Restaurant.

Am Rond Point setzten wir uns auf eine Bank. Mit der Straßenbeleuchtung als Hintergrund. Die Rosen dufteten, der Verkehrsstrom zeigte gleichbleibenden Wellengang, die Sterne verschwanden fast vollends über dem Gebrodel der großen Stadt.

Dann sagte sie: »Jus, ich habe Post für dich«, sagte Julie plötzlich.

»Ach, du spielst nur Briefträger? Nur den Vermittler von Nachrichten, die ihr gemeinsam ausgetüftelt habt? Na, dann schieß los mit der Erklärung. Du weißt ja, was in dem Brief steht.«

»Es wurde nichts gemeinsam aus-ge-tüf-telt, wie du so schön formulierst. Ich habe Dagmar den ganzen Tag nicht zu Gesicht bekommen. Als ich vorhin nach Hause kam, war ihr Gepäck verschwunden, und dieser Brief lag auf meinem Bett. Mit der Bitte, ihn dir zu übergeben. Deshalb mußtest du dich auch so lange allein im ›Renault‹ durch die Champigneulles trinken. So, das wär's. Willst du nun den Brief oder nicht?«

Ich kam mir idiotisch vor. Idiotisch und dumm. Ganz so, wie Julie es gemeint hatte. Ich nahm den Brief und riß ihn auf.

»Er ist an uns beide«, sagte ich und reichte ihr den Bogen.

Liebes Julchen, lieber Jus,
bitte verzeiht mir, wenn ich nicht so ganz Euren Ton treffe. Aber ich sage es mit Mut und reiflicher Überlegung: Ich hatte noch nie das Glück, zwei Menschen zu begegnen, die so gut zueinander passen, wir Ihr beide. Die einfach zueinander gehören. Die sich ergänzen. Die aufeinander abgestimmt sind, wie zwei ausgewählte Farben.

Eigentlich sah ich es vom ersten Augenblick an. Ich brauchte nur einige Zeit, bis sich die Gelegenheit ergab, es Euch wissen zu lassen.

Glaube nicht, Jus, daß Du mir nicht mehr sympathisch bist, daß ich Dich nicht mag. Aber warum sollte man eine neunzigprozentige Sache beginnen, wenn man für eine hundertprozentige der Anstoß sein kann?

Ich bin sicher, Ihr gebt mir recht.

Keine Angst, ich werde mir weder die Pulsadern öffnen

noch ins Wasser gehen. Ich möchte nur, daß Ihr den letzten Abend für Euch habt.

Da wir uns eventuell nicht mehr sehen, möchte ich mich bei Euch bedanken. Ihr habt mir geholfen, mich von bisherigen Einflüssen zu lösen und zu mir selbst zu finden.

Ich habe die Absicht, vorerst in Paris zu bleiben. Allein. Auf eigenen Füßen. Und suche mir eine Stellung.

Vielleicht werde ich beim Abschied von der ›Britischen Seefahrt‹ winken.

Eure Dagmar

»Weißt du eigentlich, daß du eine sinnliche Unterlippe hast?« sagte ich, und Julie sah mich an.

»Ja. Du hast es mir schon mal gesagt.« Leise, wie zu sich selbst.

»So? Ich erinnere mich nicht.«

»An unserem ersten Abend im ›Souterrain‹. Da hast du mir auch gesagt, ich hätte ein, woher willst du das überhaupt wissen, daß ich ein Grübchen über dem Popo habe?«

Ich erzählte von meinen Turnübungen am schwankenden Ahorn. Von der Fernsehübertragung intimer Schlafzimmergeheimnisse. Von meiner Vermutung einer Liebesbeziehung zwischen zwei jungen Damen.

Julie lachte: »Dagmar und ich! Herrlich! Sie hätte einen Schock fürs Leben bekommen.«

»Wieso? Wir haben erfahren, daß Dagmar erwachsen wurde.«

»Ja«, sagte Julie und wurde ernst, »wenn ich ehrlich bin, hatte ich ihr einen solchen Brief nicht zugetraut. Hochachtung.«

»Ein Mädchen, wie ich es meinem besten Freund wünsche.« Ich nahm sie an der Hand und zog sie in Richtung Concorde.

»Jus!«

Julies Stimme klang rauher als sonst.

»Ja?« Ich spürte unwillkürlich, daß es eine andere Julie war, die zu mir sprach, eine Julie, die ich noch nicht kannte.

Sie räusperte sich. Es klang, als ob ein Festredner an sein Glas geklopft hätte. »Jus, ab übermorgen spiele ich wieder Redaktionsbesen. Nicht mehr in Paris. Nicht einmal mehr in Frankreich. In Los Angeles. Korrespondentin für den alten

Duprivier. Ich wollte es dir erst nicht sagen. Wollte unseren letzten Abend nicht damit belasten.«

Ich schluckte. Versuchte, meine Gedanken zu ordnen. Wollte etwas erwidern, sagen, das könne doch nur ein Witz sein. Ich konnte nicht. Meine Zunge fühlte sich dick und schwer an.

Ich brachte nur ein Wort hervor. »Julie!«

»Morgen fliege ich. Fünf Stunden später als du. Vorerst für ein Jahr. Bei Erfolg gibt es Verlängerung.« Es hörte sich wie ein Tonband an. Unpersönlich. Nüchtern.

Ein Rauschen und Surren setzte mein Hirn außer Betrieb. Erst nach geraumer Zeit war ich wieder fähig, die Seine als Wasser zu erkennen.

»Wußte Dagmar davon?« Es war das einzige, was mir im Moment einfiel.

»Nein. Dagmar wußte nur, daß ich wieder arbeiten werde. Die Entscheidung mit Los Angeles ist erst heute gefallen.«

Pause. Leere. Einsamkeit.

»Und diese Entscheidung ist...?« stotterte ich nach einer Weile.

»Ja, sie ist unumstößlich. Der Posten mußte neu besetzt werden. Der alte Duprivier fand niemand Schlechteren als mich.«

Sie versuchte, mir ein Lächeln zu entlocken. Ich war dazu nicht in der Lage. Mir war elend.

Ich erhob mich, half Julie auf, und wir trotteten stumm nebeneinander über den Pont Neuf nach Saint Germain des Prés. Unsere Beine führten uns zum ›Souterrain‹. Selbständig.

»Und wir?« fragte ich, »was wird mit uns?«

Es war der erste Satz seit dem Aufbruch von der Seine. Wir standen am Eingang zum Keller.

»Wir werden in Verbindung bleiben«, sagte sie, nahm meinen Arm und dirigierte mich weg von hier auf den Boulevard zu.

Doch sie spürte anscheinend die Nüchternheit ihrer Antwort und setzte hinzu: »Keine Angst, Jus, wir lassen uns nicht unterkriegen. Wir werden uns schreiben. Ab und zu rufe ich dich auch an, damit ich deine Stimme nicht vergesse. Los Angeles ist ja nicht aus der Welt.«

»Nein, nein, es liegt ja nur wenige Meter hinter München.«
Ich lachte, doch es klang scheppernd.

»Wir werden uns beide in die Arbeit stürzen«, sagte sie,
»um uns zu betäuben. Und ein Jahr ist ja nur ein Jahr.« Sie
gab sich Mühe, das beste in die Situation hineinzudenken.
Es wollte ihr nicht recht gelingen.

Ein Jahr, beruhigte ich mich, was ist schon ein Jahr? Nur
dreihundertfünfundsechzig Tage. Nur dreihundertfünfund-
sechzigmal allein aufwachen, allein essen, allein schlafen
gehen, allein fühlen, sich freuen und allein diskutieren.

Wir gaukelten uns gegenseitig die Harmlosigkeit der Trennung vor und überboten uns mit positiven Ausblicken auf
die Zukunft. Mit einemmal waren wir in der Rue Pierre Curie.

Vor der ›Britischen Seefahrt‹ blieb ich stehen. Zögernd.
Es glich einer Aufforderung.

»Nein, Jus, es wäre schade. Es würde uns nicht weiter-
helfen. Nur alles zerstören.«

»Vielleicht hast du recht«, sagte ich und nahm ihr Gesicht, um es zu küssen.

Sie schlüpfte mir aus den Händen und sah mich traurig an.

»Mach' es mir nicht so schwer. Bring' mich jetzt bitte nach
Hause.«

10. Kapitel

Die letzte gemeinsame Metrofahrt. Die grünen Wagen, die Messinggestänge, die nackten Glühbirnen an der Decke. Gesichter hinter Zeitungen. Hände mit Büchern. Blicke ins Leere. Ein vertrautes Bild. Und doch so fremd.

Der Wagen war nur spärlich besetzt. Wir drückten uns in eine Ecke unter ein Plakat von Charles Aznavour, hielten uns an der Hand und lauschten dem vereinigten Metro-Orchester. Ratatatam. Ratatatam.

Der Zug war schon kurz vor Auteuil.

»Julie?«

»Jus?«

Ich beugte mich zu ihr und sah ihr in die Augen, so gut es die müden Glühbirnen der zweiten Klasse gestatteten.

»Ich kann nicht anders«, sagte ich und legte meinen Arm um sie, »ich muß dir leider weh tun.«

Der erste Kuß glich einer zärtlichen Begrüßung. Der nächste war weites, blaues Meer. Dann schon Vertrautheit. Dann Weihnachten, Ostern und sämtliche Feiertage zusammen. Dann Frühling, Sommer, grüne Wiesen, bunte Blumen. Und schließlich Sonnenaufgang über dem Acker von Bauer Grossmann am Main.

Wir küßten uns auf den Treppen zum Ausgang. Unter den Linden der Rue Poussin. Beim Briefkasten. Neben der roten Sandsteinmauer. Wir küßten uns, bis wir von einem Wolkenbruch gestört wurden.

Nächster Hauseingang: überfüllt.

»Los!« rief Julie und startete zu einem Hürdenlauf über Pfützen, Sturzbäche, Bordsteine.

Ein kleines Nebentor. Die Parkwege erinnerten an die große Gießkanne der Gartenparty.

In der Halle betrachteten wir uns. Naß bis unter die Fingernägel. Die Textilien klebten. Die Schuhe glichen gekenterten Kähnen.

»Ist denn niemand zu Hause?« fragte ich. Als ob dies die einzige Frage war, die zu klären war.

»Nein«, sagte Julie, »das Hausmädchen schläft bereits, und mein Vater ist in Marseille. Du brauchst ein heißes Bad.«

»Du auch, Fräulein Doktor.«

»Warum haben wir uns also noch nicht auf die verschiedenen Bäder verteilt?« Langsam stellte sich der vertraute Ton wieder ein.

Wir saßen in zwei verschiedenen Wannen, die sich in zwei verschiedenen Zimmern befanden, und waren nur durch eine Verbindungstür getrennt. Und diese Tür war offen.

»Wenigstens haben wir einmal gemeinsam gebadet«, rief ich hinüber.

Ich konnte sie sehen. Ihren Haarschopf, ihre Arme, ab und zu auch ein Knie.

»Wenigstens?« kam es zurück.

»Nachdem wir schon nichts voneinander wissen.«

»Du wirst enttäuscht sein«, rief sie durch den Seifenschaum hindurch, »ich bin das einzige Kind freundlicher Eltern. Meine Mutter starb bei einem Autounfall. Sie war eine phantastische Frau. Eine echte Pariserin. Mein Vater vergöttert mich. Verzieht mich nach Strich und Faden.«

»Und woher hast du deine Halsstarrigkeit?«

»Einwandfrei das Internat.«

»In der Schweiz?«

»Nein, bei Cap Ferrat. Mit fünfzehn wurde ich gefeuert.«

»Ein Hoch der Anstaltsleitung!«

»Oh, es kommt noch schlimmer. Kannst du mir mal die Bürste herüberwerfen?«

Ich warf. Und traf den Türpfosten.

»Augen zu! Jus erhebt sich.«

Sie gehorchte. Ich drückte ihr die Bürste in die Hand und sprang wieder in meine Fluten.

»Was war noch schlimmer?«

»Ach so. In London volontierte ich bei einem befreundeten Verlag. Nach zwei Monaten hat man meinen Vater auf Knien gebeten, die Stadt von mir zu befreien. Seitdem arbeite ich bei meinem Vater. Mit Unterbrechungen selbstverständlich.«

»Und dein Vater ist glücklich.«

»Was? Ich habe Schaum im Ohr!«

»Dein Vater!« rief ich.

»Ah der! Ein lieber Kerl. Schaut aus wie eine Kugel. Und ist genauso gemütlich. Wir streiten uns nie. Nur bei entscheidenden Dingen.«

»Was würde er sagen, wenn er jetzt zur Tür hereinkäme?« Keine Antwort.

»Ich habe eine klare Frage gestellt.«

Es gurgelte. Blubblubblubb.

»Julie, bist du gesunken? Abgesoffen?«

»Oh, nein, ich höre dich sehr gut. Aber ich überlege. Deine Frage ist komplizierter als du glaubst.«

Ich hielt den großen Schwamm über den Kopf und ließ mir die Lauge über das Gesicht rinnen, fühlte mich wohl und war die Ruhe selbst.

»Na, was ist? Wie würde er reagieren?« ermunterte ich sie.

»Ich habe es noch nicht ausprobiert. Und ich möchte ihm einen solchen Schock ersparen. Er wäre vielleicht gekränkt.«

»Gekränkt?« Ich ließ heißes Wasser nachlaufen.

»Er könnte es als Herausforderung auffassen, meinst du nicht?« Sie schrie, um das laufende Wasser zu übertönen.

»Mag sein«, rief ich, »aber ist euer Verhältnis nicht modern und aufgeschlossen?«

»Absolut. Aber ich liebe ihn. Verstehst du mich nicht?«

»In Ordnung. Gibt es hier auch eine Handdusche?«

»Der Messingknopf in der Wand. Du mußt ihn herausziehen.«

Ich zog. Wahrhaftig, es war die Handdusche. Architekten müssen ihre Phantasie doch gehörig strapazieren!

Ich duschte mich ab, ließ die Handdusche in die Wand zurückschnellen und setzte mich wieder in die Wanne. Ganz hübsch mit den Nerven herunter, Justus, und das nennst du nun die Ruhe selbst!

»Und was erfahre ich von dir? Außer dem, was ich schon weiß?« rief Julie.

»Uninteressant. Keine intensiven Flirts, keine Liebe. Zumindest nichts Gravierendes. Nur Sonntagsbeilagen. Zum Ausruhen, Entspannen. Nichts für den Alltag. Und du?«

»Oh, bei mir gab's Männer verschiedener Art«, jubelte Julie. »Aber ich war mit keinem in der Badewanne.«

»Da kam ich ja gerade noch zur rechten Zeit«, sagte ich, ohne daß ich wußte, ob sie mich hören konnte. Dann stieg ich aus der Wanne, ging hinüber zu Julie, hob sie aus dem Wasser, hielt sie fest in meinen Armen und öffnete ihren Mund mit einem endlosen Kuß.

»Oh, Jus!« sagte sie, als wir gerade wieder einmal Luft holten, »dein Seifenschaum schmeckt ja viel besser als meiner.«

Irgendwo habe ich einmal gelesen, der Durchschnittsliebhaber kenne sechs verschiedene Arten des Küssens. In Wirklichkeit gäbe es zweiundzwanzig.

Schön, ich habe nicht mitgezählt. Aber über die normale Wirklichkeit kamen wir weit hinaus. Bei vorsichtiger Schätzung.

Allein die Vielzahl ihrer Grübchen! Am Ohrläppchen, im Nacken, an der Schulter, über dem Popo. Jeder Kuß war ein neues Kennenlernen. Scheu, vorsichtig, tasteten wir uns aneinander heran. So, als ob wir sagen wollten: Guten Morgen, Liebling, verzeih, wenn ich dich wecke.

Eine Entdeckungsreise. Der schmale Rücken. Die winzigen, flaumigen Härchen. Die vielen neuen Sommersprossen!

Wir küßten uns die Wassertropfen von der Haut, und unsere Zungen trockneten unsere Körper.

Ein Rausch. Ein Sich-fallen-lassen. Eine Wärme, die uns beide umhüllte.

Wir drehten uns auf die Bademätte, und Julie kuschelte sich in meine Arme. Wir schlossen die Augen und träumten. Kein morgiger Tag. Kein Abschied. Keine Trennung. Keine Zukunft. Nur ihre Hand, die mich streichelte. Ihr Atem, der sich mit meinem vermischte.

»Jus?« sagte Julie nach einer Weile.

»Ja?«

»Es war richtig. Es mußte so sein.«

»Pst!« sagte ich und legte meinen Zeigefinger auf ihren Mund, »pst! Wir wollen nichts zergrübeln. Nur genießen.«

Wir krochen ineinander. Unendlichkeit. Farben. Kreise. Bizarre Gebilde.

In einer Atempause sahen wir uns an. Na, zu Hause? Und wir nahmen uns in die Arme, und es hieß: Nur du!

Es war, als ob wir uns schon ewig kannten.

Stille. Nur ihr Herz. Ihr Kopf an meiner Schulter. Vielleicht lagen wir so eine halbe, vielleicht eine Stunde.

»Nicht eben die weichsten Daunen.« Julie deutete auf die Fliesen und kehrte allmählich ins reale Leben zurück.

»Als gefragter Liebhaber muß man mit den härtesten Unterlagen rechnen.«

Ich versuchte, mich zu drehen. Mein Gebälk knarrte. Die Muskeln stöhnten.

»Darf ich den Herrn in den Salon bitten?«

»Oh, das Etablissement hat noch mehr Räumlichkeiten?«

»In den Jungmädchensalon, der ab jetzt einen anderen Namen bekommen soll.«

»Keine Fliesen?«

»Nur Federn. Und die Unordnung einer nie erzogenen Tochter.«

Einen Teil des Zimmers kannte ich bereits von meinem Ausguck auf dem Ahorn. Die Ecke, in die Julie ihr müdes Haupt bettete, war für mich neu.

Große Liegewiese für ein nach allen Seiten ausgestattetes Jungmädchen. An der Wand eine mannshohe Graphik, sehr modern, aber dennoch beruhigend, ein Rennplatz oder ähnliches. Daneben Bücher, bis unter die Decke Bücher.

Ich trug Julie auf meinen Armen zum Bett, legte sie sanft in die Kissen und zog ihr die Decke bis unter das Kinn.

»Besten Dank, mein Herr!«

»Keine Ursache«, sagte ich, »das ist Dienst am Kunden«, und kroch unter die Decke.

Wir tauchten in ein dunkles Abenteuer, Decke über den Köpfen und in ein Durcheinander von Armen, Beinen, Schultern und Popos.

Später mußte ich die Decke anheben, um uns mit Sauerstoff zu versorgen.

Allmählich normalisierten sich dann unsere Pulsschläge, und Julie drehte sich aus dem Bett.

Ich krabbelte durch Kissen und Daunen und bekam etwas Weiches an den Kopf geworfen. Einen Bademantel.

Julie hatte sich inzwischen mit einem ähnlichen Modell drapiert und fragte, ob ich auch so schrecklichen Durst hätte wie sie.

»Ja«, sagte ich, »wenn ein Menü dazu serviert wird?«

»Warme Küche geschlossen«, rief sie von der Tür her, »aber Wurst, Butter und Käse in rauhen Mengen!«

Ich schlüpfte in den Mantel. Die Ärmel reichten mir bequem bis zu den Ellenbogen, und in der Länge machte er einer Hausjacke alle Ehre. Nur um die Brust herum drückte er mir etwas die Luft ab.

Ein Handtuch über dem abgewinkelten Unterarm, wandte ich mich mit einer korrekt knappen Verbeugung an Julie.

»Madame, darf ich die Bestellung entgegennehmen?«

Sie schüttelte sich vor Lachen, zupfte an meinem Mantel und zog mich mit einer solchen Wucht aus dem Zimmer, daß mein Handtuch an der Türklinke hängenblieb.

Die Küche hätte ich beinahe nicht wiedererkannt. Es fehlte mir der Intellektuelle vor der Geschirrspülmaschine, das Mädchen mit dem traurigen Blick und der gesamte Boule-Club.

Blitzblank präsentierte sie sich in Ausmaßen eines mittleren Tanzsaales. Drei Kühlschränke verschiedener Kaliber und die Gefriertruhe, die sich über den Rest der Wand erstreckte, waren unsere Ziele.

»Glück muß man haben!« rief sie und hielt eine Dose Kaviar in die Höhe, »wir schädigen den alten Duprivier!«

Die Tür des überdimensionalen Kühlschranks klickte mit einem dumpfen Ton ins Schloß.

»Jetzt brauchen wir noch Löffel und Gläser, dann ist die Party komplett.« Sie gab mir durch eine Kopfbewegung zu verstehen, in welcher Anrichte ich zu suchen hätte.

Die erste Schublade, die ich herauszog, lief auf gut geölten Schienen. Sie beinhaltete Zahnstocher, Salz- und Pfefferstreuer, Streichhölzer sowie eine Unmenge Reißnägel und fiel mir genau auf den rechten Fuß.

Ich biß die Zähne zusammen und öffnete die nächste nur einen kleinen Spalt. Ich langte hinein, prüfte und hatte die Finger in einer Mausefalle.

Harmlos, Junge, so ein bißchen Blut! Wer wird sich denn da etwas anmerken lassen!

Ich angelte nach einem Küchentuch und hüpfte mit einem Aufschrei durch die Gegend, daß man glauben konnte, ich tanze Schuhplattler barfuß. Ich war in ein Komplott von Reißnägeln getreten.

Julie befreite mich von den anhänglichen Dingern und küßte mir die Wunden heil.

Dann hielt sie mir ein Tablett unter die Nase:

»Bitte, mein Herr!«

Ich übernahm es und trug es aus der Küche. Die geöffnete Dose Kaviar, die Teller, Löffel, Gläser und eine Flasche Champagner.

Im Flur spürte ich bereits, daß meine Hände nicht mehr die ruhigsten und meine Knie weicher, als ich sie kannte, waren. Und an der Schwelle zum ehemaligen Jungmädchensalon passierte es. Das Tablett wankte, ich stolperte oder umgekehrt.

Die Flasche Champagner war das einzige, was ich retten konnte. Wir ersetzten die Gläser und Teller und kratzten den Kaviar vom Fußboden in die Dose.

Es wurde ein vorzügliches Souper. Wir saßen nebeneinander im Bett, die Beine angezogen, löffelten Kaviar und schlürften Pommery und unterbrachen diese anstrengende Tätigkeit lediglich ab und zu, um uns zu küssen.

Irgendeine Uhr schlug vier.

»Unsere Henkersmahlzeit«, sagte Julie und schmiegte sich eng an mich.

Ich nahm ihren Körper in meine Arme, zärtlich, um sie vor wilden Gedanken zu beschützen.

»Julie, was ist?«

Meine Hände wischten über kleine Rinnsale.

Sie weinte. Lautlos und langsam rollten die Tränen. Sie versuchte ein Lächeln. Es wirkte wie ein Regenbogen.

»Nicht weinen, Kleines«, sagte ich und trocknete ihr die Nase mit der Bettdecke, »wann und wo immer wir im nächsten Jahr Kaviar essen, werden wir aneinander denken.«

Ich wurde mir sofort bewußt, welchen Stuß ich da redete. Wann aß ich in meinen Leben schon einmal Kaviar?

»Wir wollen nur an die Gegenwart denken«, sagte sie und schluchzte.

»Ja«, antwortete ich. Sonst fiel mir nichts ein.

Wir ließen Kaviar Kaviar sein, klammerten uns aneinander, drückten uns, fühlten uns, küßten uns und kamen uns noch einmal ganz nahe.

Wir begrüßten uns wie nach einer langen Trennung. Stürmisch. Hemmungslos. Ohne abwägende Gedanken. Wir schlossen uns ineinander, trieben rasch dem gemeinsamen Höhepunkt zu und fielen in die Kissen.

Sie schlief an meiner, ich an ihrer Schulter. Wir schliefen, bis der Kies des Parkwegs knirschte.

Ich stahl mich aus dem Bett und spähte durch die Gardine.

»Was ist?« Sie dachte mehr als sie sprach.

»Der grüne Rolls-Royce.«

»Mein Vater. Wie spät ist es? Ist es schon hell?« Sie war mit einemmal wach.

»Keine Angst, heller kann es kaum werden.«

»Hm.« Sie überlegte, sprang zum Fenster und überzeugte sich selbst.

»Es ist schon sieben«, sagte ich, um überhaupt etwas zu sagen.

»Was wollen wir machen?« Julie zeigte plötzlich Nervosität. Sie schlüpfte in ihren Morgenmantel.

»Wenn du mich so direkt fragst: weiterschlafen. Oder ihn mit Musik empfangen.«

»Das wäre auch eine Möglichkeit«, sagte sie, und es klang ziemlich kleinlaut.

»Ach, du meinst . . .? Ich verstehe . . .!« Ich holte mir meine Hose und war in wenigen Sekunden reisefertig.

»Es ist nur, weil mein Vater, du kennst ihn ja nicht . . .«

»Nur nicht nervös werden, mein Kleines, Jus hat schon ganz andere Situationen gemeistert!« Ich erkannte auf der Stelle, daß dies wohl der unpassendste Satz meines gesamten Pariser Aufenthalts war.

»Sag sofort, daß du das nie gesagt hast!«

»Ich sage!« Meine Stimme klang tatsächlich feierlich.

»Danke. Dann will ich dich aus dem Haus schleusen. Mein Vater hat nämlich die Angewohnheit, wenn er früh am Morgen nach Hause kommt, noch manchmal seine brave Tochter aus dem letzten Schlummer zu reißen, um mit ihr zu frühstücken. Und er ist ein sehr früher Frühstücker.«

Türen, Korridore, Treppen 'rauf, Treppen 'runter, Keller gewölbe und dann ein verschwiegener Hinterausgang, wie es ihn nur in Problemfilmen gibt.

Efeugeranke, der Tau des Morgens auf der Wiese, ein paar Stufen zu einem etwas höhergelegenen Teil des Parks.

Ich hob die Barfüßige zu meinen einsfünfundachtzig hoch: »Paß auf, daß du dir keinen Schnupfen holst.« Dann legte ich sie mir wie ein Bündel über die Schulter. »Und wohin jetzt?«

»Dort drüben«, zeigte sie, »da können wir uns verabschieden.«

Das Vordach eines offenen Schuppens. Rasenmäher, Kehrmaschine, Gartengeräte.

»Größere Aufwendungen läßt die Szenerie kaum zu«, sagte ich, und wir setzten uns auf einen Schubkarren und umarmten uns.

Schwüre, Versprechungen, Worte wie auf einem Bahnsteig. Wir wollen uns nie vergessen. Wir wollen über alle Kilometer und Zeiten hinweg die Verbindung zueinander halten. Wir wollen, wir wollen . . .

»Wir wollen uns möglichst rasch wiedersehen, ja?« sagte Julie und sah dabei in eine andere Richtung.

»Ja, möglichst«, sagte ich, und mein Gaumen fühlte sich auf einmal trocken an.

»Vielleicht gelingt es mir irgendwann, kurz nach Europa zu kommen.« Sie sprach so leise, daß ich sie kaum verstand.

»Ja, oder ich mache mal einen Abstecher nach drüben. Übers Wochenende. Mit dem Fahrrad. Oder ich schwimme.«

Der Witz stand dünn und schal im Geräteschuppen, ehe er wie eine Seifenblase platzte.

»Wir werden uns schreiben.« Ihre Worte wurden immer tonloser.

»Ja, das sagten wir bereits.« Meine Antwort fiel um eine Spur zu sarkastisch aus.

Julie überhörte es. »Schwöre, daß du mir schreiben wirst.«
»Ich schwöre.«

»Wichtig ist nur . . .«, sagte sie, ohne den Satz zu vollenden.

»Wichtig ist, daß du jetzt keinen Schnupfen bekommst«,

half ich ihr. Dann schwiegen wir. Es war alles gesagt und mehrmals wiederholt.

»Ich glaube, ich muß jetzt gehen«, sagte sie.

»Wenn du meinst.« Ich hatte meinen Ton nicht mehr unter Kontrolle. Er klang hart.

»Sag' mir noch etwas Hübsches zum Abschied«, sagte sie und drehte sich von mir weg.

Ich wollte, doch ich konnte nicht. Ich hatte totale Gehirnleere.

»Na schön, dann nicht«, sagte sie und legte ihre Hand in die meine. Wehmut. Leise Bitterkeit.

Julie, wollte ich sagen, Julie, warte noch einen Augenblick, einen winzigen, kleinen Augenblick, dann kann ich wieder klar denken.

Doch sie drückte mir die Hand, kurz und sachlich, sah dabei zu Boden, drehte sich rasch um und lief auf das Haus zu, ohne noch einmal zurückzuschauen.

Ich stand wie versteinert.

Ich sah, wie sie im Haus verschwand, sah, wie die Tür ins Schloß fiel und sah die Tür, immer nur die Tür.

Der Kies knirschte. Der grüne Rolls-Royce bog gemächlich um die Ecke, und seine Kühlerhaube näherte sich dem Schuppen.

Ich löste mich aus meiner Erstarrung und ließ mich instinktiv fallen. In die ordentlich aufgestellten Zacken einer echt französischen Gartenharke.

Der Rolls-Royce entfernte sich. Ich erhob mich, wie man sich eben aus einer Gartenharke erhebt. Dann spielte ich noch ein paar Schritte Indianer, kroch mühsam über das Eisengitter des Zauns und stand in einer stillen, aber sauberen Nebenstraße von Auteuil.

11. Kapitel

Der Koffer war gepackt, die Zahnbürste unter dem Waschbecken entdeckt. Ich lehnte mich ein letztes Mal aus dem Fenster, grüßte die Dächer und den Himmel der Rue Pierre Curie, die Altane des Hauses gegenüber, den Duft, den die Boucherie zu mir heraufsandte.

Ich zog den Schlüssel von meiner Tür, nahm meinen Koffer, trat auf den Flur, setzte mich auf das Treppengeländer und . . .

Nein, Justus, das tust du nicht! Du bist in der ›Britischen Seefahrt‹ nicht mehr zu Hause. Dieses Gastspiel ist beendet!

Durch die Drehtür schob sich Schafranek. Mit zwei Sträußen von Frühlingsblumen. Einen für Madame Fortune, den anderen für die Bingstett, die vollbusig vor dem Prunkspiegel harrte.

Die Damen Hafermeister, Bienert und Gundlach saßen wie aufgereiht in den Sesseln vor dem Rezeptionsverschlag. Ausgeschlafen, herausgeputzt und aufgekratzt.

Ich mußte eine Kanonade von Anspielungen über mich ergehen lassen. Ich trug sie mit Fassung.

Das Taxi zum Flugplatz war bestellt. Die Gespräche drehten sich bereits um Kaiserslautern, Köln und Berlin, um neue Staubsaugermodelle, eine Verwandte im Bergischen Land und um Schalke Nullvier.

Aber sowohl die Staubsauger, die Verwandte als auch die Nullvierer vermischten sich mit einem weichen Mund, mit grünen Augen, rotblonden Fransen, unendlich langen Beinen und einer Stimme, die der eines Fuhrknechts glich.

Ich sah auf den Stadtplan von Paris, der neben der Rezeption hing, und sah Julie. Ich zählte den Stapel Koffer und zählte ihre Sommersprossen. Ich hörte die Hupe des Taxis. Sie klang nicht tütü, sondern Jus-Jus.

Eigentlich hatte ich damit gerechnet, daß sie sich heute

vormittag meldet. Telefonisch. War sie traurig? Enttäuscht? Der Abschied ging völlig daneben!

Justus, du hättest mit ihrem Vater sprechen sollen, mit ihm frühstücken, ihm alles erklären und um die Hand seiner Tochter anhalten müssen! Du hättest Julie in den Arm nehmen und ihr sagen sollen: Julie, ich lasse dich nicht nach Los Angeles? Mag kommen, was will! Justus, du hättest ...

Nun ist es zu spät. Endgültig. Zu spät? Es ist nie zu spät! Ja, ja, vielleicht, aber ...

»Meine Herrschaften, es ist soweit!« Schafranek trat in Aktion. »Hat niemand etwas vergessen? Hausschuhe? Pässe? Verdauungspillen?« Er rief es aus wie ein Straßenbahnschaffner seine Stationen. Sein Humor tat mir körperlich weh Die Damen lachten und drängten durch die Drehtür.

Ich gab mir einen Ruck.

»Monsieur Fortune, könnten Sie mir bitte die Telefonbücher mit dem Buchstaben ›D‹ geben?«

»Selbstverständlich, Monsieur Rothemund, nur ...?« Er sah zu Schafranek hin und reichte mir ein Buch.

Ich blätterte. Hastig und unkontrolliert. Darbos, Dellengelle. Dessier, Domache. Duprivier. Na also. Alfonse. Eduard. Eustace. Welcher der drei war der richtige?

»Monsieur?« Ich wandte mich noch mal an Monsieur Fortune.

»Oui, Monsieur?«

»Welche dieser drei Straßen liegt in Auteuil?« Ich deutete auf die Adressen.

»Oh, Monsieur?!« Er kratzte sich am Hinterkopf. Dann zog er seine Frau zu Rate. Dann den Stadtplan. Und endlich wußte ich es.

Eduard hieß die Kugel. Ich bat Monsieur Fortune, mir die Nummer zu wählen, denn nur er verstand es, seinen Apparat ohne Komplikationen zu bedienen.

Er drehte die Wählscheibe. Bedächtig und genau. Mein Hemd war längst durchnäßt, und meine Hände unruhig wie die meiner Mutter.

Dann horchte er in die Muschel.

»Besetzt«, sagte er und zuckte die Schultern.

Schafranek hielt bereits einige Zeit die Tür zum Taxi auf. Die Geste galt mir.

Ich ließ mir von Monsieur Fortune die Nummer auf einen Zettel schreiben, drückte ihm und seiner Frau herzlich die Hand, nahm meinen Koffer und stieg in den Wagen.

Die Fahrt dehnte sich, das Taxi kam zum Teil nur schrittweise voran. Gegen die Verstrickungen des Pariser Verkehrs ist jede Uhr machtlos.

Die Damen unterhielten sich, als gelte es, ein Wettrennen zu gewinnen. Ich hörte nichts davon.

Mein Kopf dröhnte, mein Blutdruck nahm ein ungeahntes Tempo an. Ich wußte, wenn ich Julie nicht mehr erreichte, lag unsere gemeinsame Zukunft im Ungewissen. Der Abschied war zu verkorkst, zu hart, danach kann es keine Fortsetzung geben.

Ich müßte sofort, ich sollte umgehend ...!

Ich war unfähig, auch nur den kleinsten Gedanken klar zu Ende zu denken.

Da bremste das Taxi. Wir standen endgültig. Ich beugte mich aus dem Fenster. Die Schlange vor uns war gut und gerne ... eine Telefonzelle!

Ich überlegte, wägte ab. Dann sprang ich aus dem Wagen.

»Bin gleich wieder da«, rief ich Schafranek zu und hastete durch die Autoschlange.

Die Zelle. Frei. Ich stürzte hinein.

Ich wählte die Nummer. Gott sei Dank, sie war nicht mehr besetzt!

»Hallo?« Eine weibliche Stimme. Piepsig. Das Hausmädchen. Oder die Köchin. Oder wer auch immer.

Ich nannte meinen Namen und fragte nach Julie.

»Bedaure, Monsieur«, sagte die Stimme, »Mademoiselle Duprivier ist momentan nicht im Haus. Au revoir, Monsieur!«

»Halt!« rief ich und klammerte mich an den letzten Strohhalm, »ist sie vielleicht im Verlag zu erreichen?«

Die Stimme meinte es gut mit mir. Sie hatte noch nicht aufgelegt. »Nein«, sagte sie, »Mademoiselle Duprivier ist unterwegs.«

»Wo?« fragte ich rasch und ließ jegliche Konvention außer acht.

»Das ist mir nicht bekannt, Monsieur. Au revoir!«

Jetzt hatte es geknackt.

Ich rannte zurück auf den Boulevard und erreichte das Taxi an der nächsten Straßenecke.

»Herr Rothemund, das geht aber nicht!« sagte Schafranek, und in seinem Ton lag unverhohlen Tadel.

»Tut mir leid. Es war dringend.« Was ging mich Schafranek noch an? Für mich ging es um alles oder nichts!

Sobald wir den Stadtverkehr hinter uns hatten, drückte der Chauffeur den Gashebel durch. Vierzig Minuten später waren wir in Orly, und es blieb uns noch eine knappe halbe Stunde bis zum Abflug.

Die Formalitäten. Der Koffer. Das Flugbillett. Die Bordkarte.

Unsere Maschine wurde aufgerufen.

Ich hatte mich inzwischen von der Gruppe gelöst und wartete vor den Telefonzellen, daß eine frei würde. Endlich.

Wieder die Piepsstimme. Jetzt kannten wir uns bereits.

»Bedaure«, sagte sie, »Mademoiselle Duprivier ist nicht zu sprechen.«

»Ist sie noch unterwegs?«

»Nein, sie ist zu Hause, aber ich sagte Ihnen schon, sie ist nicht zu sprechen.«

»Aber das gibt es doch nicht!« Ich schrie in den Hörer, und wußte sofort, daß dies die denkbar schlechteste Art war, die Piepsstimme zu überwinden.

»Bedaure, Monsieur«, sagte sie, doch bevor sie einhängen konnte, griff ich zu meinem erprobten Trick.

»Ich bin ein Verwandter von Mademoiselle Duprivier. Ein Verwandter auf der Durchfahrt. Ich habe nur noch kurz Aufenthalt und muß Mademoiselle Duprivier dringend sprechen.«

Sie stockte. Dann sagte sie: »Einen Moment, Monsieur, bleiben Sie bitte am Apparat.«

Ich blieb. Endlose Minuten, aber ich blieb.

Dann knackte es in der Leitung, ein Hörer wurde über eine Tischplatte oder ähnliches geschleift, dann kam ein Räuspern.

»Bedaure, Monsieur«, meldete sich die Piepsstimme wieder, »aber Mademoiselle kann sich nicht erinnern, einen Verwandten zu haben, der heute hier auf der Durchfahrt sein könnte. Sie möchte bitte nicht mehr gestört werden.«

Aus. Ende. Tiefschlag. Nicht einmal ein »au revoir« zum Schluß. Ich wankte aus der Zelle.

Schafranek rief schon von weitem.

»Herr Rothemund! Wir müssen uns beeilen! Zur Paß-kontrolle!« Er schwitzte wie bei unserem Abflug aus Deutsch-land. Eine gleichbleibende Ausdünstung. Ein geregeltes Leben.

»Herr Schafranek, bitte, geben Sie mir meinen Paß.« Es klang kläglich. Bedauernswert.

»Was?« Er hatte nichts begriffen.

»Ich bleibe hier. Und bitte Sie um meinen Paß.«

Er gab ihn mir. Zögernd. Widerwillig. »Aber warum denn? Ist etwas passiert?«

»Ja, sagen wir es so. Es ist etwas passiert.«

»Etwas Schlimmes?«

»Ja, etwas sehr Schlimmes. Bitte noch meine Flugkarte.« Er kramte erneut. Er vermochte es immer noch nicht zu fassen.

»Danke«, sagte ich und nahm das Billett, »machen Sie es gut. Und grüßen Sie mir die anderen.«

Er nickte. »Und Ihr Koffer? Er ist bereits abgefertigt.«

»Ach, der Koffer! Könnten Sie ihn vielleicht in Deutsch-land an sich nehmen und bei der Gepäckaufbewahrung de-ponieren?«

»Wird gemacht. Jetzt muß ich laufen. Wiedersehen, Herr Rothemund.« Und weg war er. Nicht ohne vorher noch mal gebührend seinen dicken Kopf geschüttelt zu haben.

Ich stürzte mich ins nächste Taxi. Auteuil!

Eine knappe Stunde später stand ich vor dem Eisengitter. Ich drückte den großen Klingelknopf und stellte mich an die Sprechanlage.

Wird sie noch da sein? Wird sie sich sprechen lassen? Oder läßt sie sich sogar verleugnen?

»Hallo?« Eine ferne Stimme. Die Sprechanlage.

Ich nannte meinen Namen. Die Piepsstimme erkannte mich sofort.

»Aber Monsieur!« rief sie in den Sprechapparat. Ärger-lich.

Ich tat, als ob ich sie nicht verstünde. Das Spiel ging ein paarmal hin und her. Schließlich sagte sie: »Gehen Sie zum Tor. Ich öffne.«

Na also! Mit Zähigkeit geht alles, Justus. Jetzt läßt du dich nicht mehr abweisen!

Ich rannte im Laufschritt den Parkweg entlang und stand vor einem Mädchen im blauen Kleid, weißer Schürze und Häubchen. Die Piepsstimme.

»Ist Mademoiselle Duprivier jetzt . . .«, sagte ich, und mein Atem ging rasch.

»Nein«, unterbrach mich die Piepsstimme, und nicht nur ihr Ton wirkte kühl. Auch ihre Miene war undurchdringlich.

»Aber . . .«, sagte ich. Sie ist doch zu Hause, wollte ich sagen, aber die Piepsstimme ließ es gar nicht so weit kommen.

»Mademoiselle Duprivier ist inzwischen bereits weg. Sie hat Paris verlassen. Sie ist abgeflogen.«

Wie aus einem dichten Nebel hörte ich ihre Worte. Ich war unfähig, irgend etwas zu antworten. Abgeflogen! Ohne sich von dir sprechen zu lassen! Abgeflogen für immer. Aus. Ende einer kurzen Romanze. Ich machte kehrt und ging in Richtung Eisengitter.

Und schämte mich nicht meiner feuchten Augen.

Undeutlich hörte ich noch die Piepsstimme weiter sprechen. Unbedeutendes. Unbedeutendes? Klang es nicht wie »München«?

Ich blieb stehen. Und drehte mich zu ihr.

»Sagten Sie ›München‹, Mademoiselle?«

»Ja«, sagte sie da, »ich sagte Mademoiselle Duprivier ist abgeflogen. Nach München. Zu ihrem zukünftigen Verlobten. Es ist also zwecklos, daß Sie sich noch mal bemühen.«

Nach München?! Zu mir? Zu mir nach München? Mir wurde heiß. Und kalt. Und alles durcheinander.

Ich trat auf das Häubchen zu und drückte ihr einen Kuß auf die Stirn.

»Danke, Mademoiselle!« und ging endgültig den Parkweg auf das Eisengitter zu.

Ich schlenderte. Und hüpfte. Und sang. Und pfiff. Und dachte die herrlichsten Dinge.

Und dachte, eigentlich sollten sich doch viel mehr Menschen viel öfter an Preisausschreiben beteiligen.